Sainte-Croix-les-Vaches

Vincent Ravalec

Sainte-Croix-les-Vaches

Opus 1 – Le seigneur des Causses

Fayard

Ouvrage édité
sous la direction d'Isabelle Saporta

Couverture : Cheeri
Illustration : © South_agency/E+/Getty Images

ISBN : 978-2-213-70576-7

Dépôt légal : février 2018

« Il est démontré par l'expérience des siècles que, dans la condition d'agriculteur, l'homme conserve une âme plus simple, plus pure, plus belle et plus noble. »

Nicolas Gogol, *Les Âmes mortes*

À ma petite fille,
Margaux, Princesse Lutin

– 0 –

Il existe dans toute ascension un moment où, rappelé à l'ordre par la pesanteur, un corps, après s'être élevé aussi loin que la dynamique le permet, retombe en direction du plancher des vaches. C'est ce qui logiquement devrait arriver à Thomas Sorlut. Au plus haut de sa spectaculaire réussite, il frôle à cet instant les sommets. Sentiment de toute-puissance. Il fait noir. Banlieue d'une sous-préfecture. La nuit. Pavillon sans charme. Seule une petite loupiote éclaire la salle à manger. On est chez un type de l'Hygiène. Une ordure qui fait abattre les troupeaux et fermer les élevages. Une petite salope. Thomas Sorlut prend une photo avec son iPhone. La tête de cochon, sanguinolente, macule la nappe blanche de l'intérieur propret et bien tenu. Des gouttes ont éclaboussé le plancher. Sali le tapis. Odeur du sang et de la bête. Le flash du smartphone ajoute au film gore. Le type sanglote, mais sans faire de bruit, parce que Justin – le Justin – lui murmure à l'oreille : « Chut, pas de bruit, sinon tu vas réveiller mémère et les enfants. » Justin lui tord une oreille, comme il le ferait pour attraper, machinalement, la tête d'un veau. « Tu vois ce dossier ? Tu vas l'oublier, sinon on revient, et le cochon, ce sera toi, d'accord ? » Thomas et Justin portent des cagoules et des gants. De toute façon, il est peu probable que la lope se plaigne. Ce genre de type n'était bon qu'à pondre des rapports et à mettre des contraventions. À semer le malheur et la désolation. Quand ils repartent, absorbés par la nuit en direction des Causses, Thomas se sent en paix. Il songe à sa collection de tracteurs. Un joyau. Unique au monde, il en était certain. Le seigneur des Causses. Le seigneur des Causses et des Tracteurs. Ça lui convenait parfaitement.

Quelques jours plus tôt...

– 1 –

C'est un village, ou plutôt un hameau, ou plutôt entre un village et un hameau. Ce n'est pas très animé. Il y a une mairie, minuscule. Une salle des fêtes. Une école. Un café qui devait faire épicerie-tabac-maison de la presse qui a l'air fermé. Quelques maisons complètent le tableau. En pierre. Farouches. Indifférentes au gel et aux canicules. On pourrait être dans les années soixante. Quand la modernité commençait tout juste à pénétrer les campagnes. Sainte-Croix-les-Vaches est l'épicentre d'une zone de… disons de solitude rurale ? De déshérence campagnarde ? Une zone blanche en tout cas, dans un périmètre d'une centaine de kilomètres, il n'y a… rien.

Rien ? Pas si sûr. Quelques fermes, vaillantes, courageuses, héroïques, ont résisté à la désertification. Si, tels les vautours qui errent dans le ciel floqué de nuages, on pouvait survoler la région (magnifique, sauvage, évidemment), on découvrirait, épars, des îlots enchâssés au hasard du relief de ces demi-montagnes, jaunes de sécheresse l'été et blanches de neige l'hiver. Qui peut bien y habiter ? À vrai dire, cela fait longtemps que plus personne ne se pose la question. Tout le monde s'en fout. Qu'il reste quelques pedzouilles, sans Internet, que les bienfaits de la civilisation n'atteignent pas, n'a pas de signification statistique. Et si personne ne les dérange, ils ne dérangent personne non plus. Un no man's land. Le petit village d'Astérix, mais sans Romains autour. Juste une indifférence. Un oubli.

Thomas Sorlut habite une de ces bâtisses sorties d'un autre temps. Il y est né et c'est son arrière-grand-père qui a construit le corps principal, avec les pierres arrachées à la montagne par la force des bœufs. Des murs épais, indestructibles. Même le toit est en pierre, des tuiles de granite, de la pierre de volcan. Les générations suivantes ont édifié le reste. Les granges, puis les hangars et les étables. Une belle ferme. Ce matin-là, Thomas s'éveille l'esprit tourmenté. Il a rêvé du Cerf noir. Le même rêve qu'il y a vingt ans, l'été où son père et son oncle sont décédés. L'été où son destin a bifurqué. C'est donc hanté de souvenirs qu'il descend dans la cuisine préparer le café, juste quand la voiture de son visiteur vient se garer dans la cour et klaxonne, comme convenu, deux fois, pour signaler son arrivée.

– J'arrive pas trop tôt ? Mon cousin m'a dit que je devais klaxonner.

– C'est bon, entre. Je prépare le café.

Le type a l'air gêné. Il a une ferme à la limite de la Zone (du Royaume). Il ne connaît pas Thomas directement. C'est son cousin qui l'envoie. Le silence s'installe. Thomas lui sert son café.

– J'ai eu de la visite.
– Quel service ?
– L'hygiène.
– Ils ont trouvé quoi ?
– Des salmonelles. L'une des mauvaises. Ils me demandent d'abattre. Mesure préventive.

Cela fait un moment que l'on s'adresse à lui en désespoir de cause. Pas qu'il l'ait particulièrement recherché, cela s'est fait tout seul. Pas d'autres solutions. Aller voir qui ? Une assistante sociale ? Un médiateur ? Les gens comme le type qui était devant Thomas, mal à l'aise, se réfugiant derrière sa tasse de café, n'ont plus d'interlocuteurs depuis longtemps. La société avait besoin de manger, de se gaver, mais se souciait peu du sort des producteurs. Et quoi qu'il en soit, tout le monde le savait, les fruits, les légumes, la viande, les céréales, le lait ne provenaient plus d'un champ, d'un élevage, mais poussaient directement sur les rayons du supermarché, la nuit, quand la ville dormait. Que le type pleurniche ennuie Thomas, il se demande s'il ne pourrait pas lui racheter sa ferme, mais réfrène cette mauvaise pensée, ce n'était pas digne. Pas correct. Et Thomas était quelqu'un de correct. Soucieux d'équité et de justice.

– Et ça me coûtera combien ?
– Rien.
– Rien ?
– Non. Mais peut-être qu'un jour, si j'ai besoin de toi, tu te rappelleras que, face aux ordures, c'est l'union qui fait la force.

Thomas se demande si le type va lui baiser les mains, en le remerciant. « Merci, Padrino. » Mais il se contente de hocher la tête, et de dire : « OK, je m'en souviendrai. »

*

Quand Thomas rentre de son expédition punitive, il a le cœur léger. Il ne pense plus au rêve qu'il a fait, au Cerf noir, même s'il se dit qu'il devrait en parler à Médée-le-Jeune, pour qu'il étudie ça avec les cartes, qu'il voie s'il y avait d'autres signes. Il pense au Royaume, qui va s'étendre encore, en paix, prospère, pour la joie de ses habitants. C'est une lourde tâche qui lui incombe, un sacré truc que le destin lui a proposé, et pour le moment, il avait su s'en montrer digne. Il dort quelques heures et le téléphone le réveille. C'est le Justin.

– Qu'est-ce qui se passe ? Un problème ?

– Je ne sais pas. Il y a une caravane à Sainte-Croix.

– Comment ça, une caravane ?

– Ils collent des affiches partout, avec un mégaphone.

– C'est peut-être un cirque ?

– La dernière fois qu'il en est venu un, on était encore minots.

– Il y a quoi sur les affiches ?

– Une gonzesse, avec un slogan. « En Avant ! ».

– En avant quoi ?

– En avant je sais pas. En Avant ! Je crois que c'est politique.

– C'est impossible. Pourquoi viendraient-ils à Sainte-Croix ?

Finalement Thomas s'habille et descend au village, l'esprit préoccupé, discutant comme il le fait souvent avec son mentor, Raymond, dit Monré, dit Mon. Monré est mort depuis vingt-cinq ans. C'est grâce à lui que Thomas est roi, que le Royaume a pu s'édifier. Sans Monré, il n'y aurait que ruines et désolation. Les barbares auraient tout pillé. Alors, vingt-cinq ans après, il continue de lui demander conseil, d'écouter ses avis. Médée-le-Jeune disait que c'était parce qu'il avait gardé l'argent, et que l'argent, c'était une partie de l'âme de Monré, qui n'était pas montée, qui restait dans les parages, accrochée à son trésor. Quoi qu'il en soit, Thomas s'était habitué à ce fantôme à ses côtés, le questionnant quand il en avait besoin. Le vieux était toujours de bon conseil et d'un commerce agréable. Pour l'heure la discussion s'engage à propos de la future livraison de cannabis aux Marseillais.

– Tu devrais rester en dehors de ça. Ces quartiers, avec tous ces Arabes et ces Noirs, c'est ingérable, c'est un panier de crabes. Marseille, avant, c'était cadré. Carbone et Spirito avaient partagé la ville, et les autres caïds après eux aussi. C'était des villages, des clans, mais maintenant, c'est le bordel, c'est l'Afrique.

– Il s'agit d'un accord commercial.

– Tu sais bien que ce n'est pas aussi simple. Et là, tu vas déranger les Marocains, la source. C'est leurs exportations. Tu viens polluer leurs débouchés avec ta récolte, tu risques de les avoir sur le dos.

– Je peux faire l'expérience sur un an. Si ça ne fonctionne pas, j'arrête.

Thomas arrive en vue de Sainte-Croix, se demande si c'est possible de connaître aussi bien une route. D'en connaître tous les détails. Comme si c'était imprimé quelque part, non pas dans son cerveau, mais en lui. Il y a un attroupement, ce qui, dans le cas de Sainte-Croix, est tout relatif, mais c'est jour de marché, ce qui veut dire qu'il y a le poissonnier, et donc que c'est jeudi, parce que le poissonnier vient toujours les jeudis, parce que c'est le vendredi que l'on mange du poisson, et l'autre marchand, c'est le vendeur de vêtements, des blouses à fleurs et des blouses de travail, des bottes et des chaussons.

En plus des deux étals, ce jour-là, il y a une caravane, ou plutôt un genre de mobil-home, posé sur une remorque, elle-même attachée à un tracteur. Le tracteur des Couderc, remarque Thomas, et puis il les voit, deux filles en train de distribuer des tracts et de discuter avec une vieille pie, la mère Le Cros, et la vieille le montre du doigt, et les deux filles le regardent, se tournent vers lui en souriant, et Thomas voit dans un coin de la scène le Justin en retrait, qui lui indique les deux filles, pensant peut-être qu'il ne les avait pas vues, et il s'avance, une des filles dit : « Vous êtes le maire ? », et il hoche la tête, il répond : « Oui, tout à fait », et les deux filles sont devant lui, lui serrent la main : « Enchantée, Sheila, je suis la candidate d'En Avant ! pour la députation », et l'autre dit : « Jeanne, sa collaboratrice », et elles hochent la tête toutes deux en cadence, en souriant aussi, quelque chose de nettement forcé, mais qui pouvait faire la blague quand même, donner l'impression qu'elles le trouvaient peut-être désirable, ou vaguement intéressant. Et comme il ne sait pas quoi leur répondre, tellement il trouve ça curieux, que peuvent-elles bien foutre ici, il dit, montrant le mobil-home :

– C'est votre QG ambulant ?

– Si l'on veut.

– C'est une cabane avec du plastique ?

– C'est une installation.

– Une installation de quoi ?

– Une installation artistique.

– J'avais bien compris. Mais c'est quoi, la signification ?

– Vous connaissez le travail de Thoreau ?

– J'ai lu *Walden ou la Vie dans les bois.*

– Ah bon ?

Les deux filles en restent comme deux ronds de flan. À juste titre, parce que c'est tout simplement improbable. Elles ont raison, il vient de se passer quelque chose d'incroyable. Thomas a lu deux livres dans sa vie. *Le Rivage des Syrtes*, qu'il a commencé il y a vingt-cinq ans, et qu'il n'a toujours pas fini, dont il lit des petits bouts sporadiquement, recueilli, concentré. Et le livre de Thoreau. Pour une raison aussi factuelle que hasardeuse : une artiste contemporaine s'était égarée dans la région de Sainte-Croix.

Elle cherchait une mairie pour la sponsoriser. Tout son travail reposait sur la lecture de ce livre. Il s'était forcé à le lire, dans l'espoir de la sauter. Ce qui n'avait pas été le cas. Mais il avait dû faire l'effort d'aller jusqu'au bout. Il avait donc une vision précise de l'ouvrage, et du propos de Thoreau, qui avait alimenté les conversations avec la fille, et sur lequel, contrairement à d'autres sujets où il serait resté en plan, il pouvait avoir un avis, étant lui-même un homme des bois, en tout cas plus proche des bois que quelqu'un qui habitait en ville et occupait ses soirées en allant à des vernissages.

Mais cela n'avait pas suffi. Elle était repartie sans qu'aucun événement heureux ne survienne. Cela l'avait affecté pendant plusieurs semaines. Pourquoi pas tomber amoureux ? Qu'elle reste avec lui ? En même temps, sa vie était déjà bien occupée. Aurait-il pu s'embarrasser d'une présence quotidienne ? Gérer le Royaume et rendre une femme heureuse ? Difficile. Mais toujours est-il que, là, les deux filles sont ébahies. Elles lui attribuent un statut qui n'est pas le sien, intelligent, cultivé, par rapport à leurs critères. Cela les charme et les déstabilise. Des bobotes parisiennes. Ce qui est drôle, c'est que si elles avaient pu percevoir la vraie personnalité de Thomas, sa vraie activité, elles auraient été encore plus stupéfaites, mais c'est sur un malentendu que commence la relation.

Thomas, lui, n'en fut pas étonné. Il était même content de cette facilité avec laquelle il pouvait manifester son aisance, car il avait rarement l'occasion de le faire, de faire sentir quel être extraordinaire il était, à gérer comme ça, de façon si astucieuse, un royaume. Et il dit, pour revenir à des sujets plus intéressants : « C'est le tracteur des Couderc ? » et la fille répondit : « Oui, on tire la cabane avec un 4 × 4 jusqu'à l'entrée des villages, mais après on préfère être avec un tracteur, c'est plus identifiant », et il comprit qu'elles étaient capables de ruse, et cela le déconcerta.

– On vous a envoyé plusieurs courriers.

– On a téléphoné aussi.

– Vous n'avez eu personne ?

– Non, ça ne répond pas.

– Jamais.

– La secrétaire de mairie était peut-être occupée ?

La secrétaire de mairie était à moitié folle. Elle avait des lubies. Médée-le-Jeune disait que c'était parce qu'elle avait le Don, et qu'elle n'avait jamais voulu l'assumer. Elle faisait des blocages sur des gens, ou des moments. Elle refusait de payer certains fournisseurs. Elle répondait rarement au téléphone. À côté de ça, la mairie était bien tenue. Les dossiers étaient à jour, et tout ce qui pouvait remonter, remontait. Pas un sou n'échappait à sa vigilance. Si Sainte-Croix avait droit à quelque chose, une subvention, une aide, elle le savait. Son surnom était la Chouette. Elle faisait partie du Royaume.

– Nous aimerions beaucoup votre appui.

– Notre projet est vraiment différent.

– Nous avons des objectifs très clairs pour redonner toutes les chances à la région.

– Ah bon ?

– Oui, nous pensons qu'il est temps que la République reprenne ses droits. Vous avez été suffisamment laissés pour compte.

– Oubliés. C'est le sentiment qu'on a, quand on circule, quand on discute avec les habitants. Qu'on vous a oubliés.

– Ah oui ?

– Nous sommes toutes les deux très soucieuses de redonner non seulement une dignité…

– … mais un devenir aux habitants.

– Ça ne peut plus être tout le temps « *No future for the country* ».

– On est clairement dans une dynamique de combat.

– C'est louable, répondit le maire de Sainte-Croix, surpris d'une telle détermination.

– Vous avez droit, par exemple, à certaines subventions. Nous allons vous permettre de les toucher.

Thomas se demanda s'il pouvait s'agir d'une subvention qui aurait échappé à la vigilance de la Chouette. C'était possible. Ces trucs administratifs étaient un tel maquis.

– C'est intéressant, acquiesça Thomas.

– Nous sommes très investies.

– On a envie de changer les choses.

– Il y a un tournant à prendre. Et on a envie que tout le monde puisse en profiter.

– Les campagnes vont être un enjeu majeur.

Thomas était dubitatif. Elles lui demandaient son soutien. Expliquaient qu'en gros c'était entre le FN et elles. Le type du FN était une espèce de gros veau. Il était pire. C'était certain. Bizarrement, Thomas ne pensa pas à la capacité de nuisance. Au fait qu'elles viendraient du coup fouiner partout. Ce que n'aurait pas fait le type du FN qui, quoi qu'il se passe, lui foutrait une paix royale. Était-ce le brusque afflux de phéromones, auquel il n'était pas habitué, sur la place de l'église de Sainte-Croix ? Toujours est-il qu'il se laissa embobiner, bêtement, il dit : « OK, pourquoi pas ? » sachant que de toute façon il avait une influence sur environ deux cents personnes (les votants à Sainte-Croix), et aucune audience à l'extérieur. Personne ne le connaissait. Et il ne connaissait personne, d'un point de vue politique en tout cas. Sheila fut soulagée. Pour elle, Thomas ne le savait pas, il y avait un enjeu.

– C'est vrai ? Vous seriez d'accord ? C'est une grande nouvelle pour nous ! Nous sommes tellement sous le charme de Sainte-Croix ! — et pour le remercier Jeanne, l'autre fille, se pencha légèrement en avant pour qu'il apprécie la naissance de ses seins.

Sheila était parachutée. Elle était la maîtresse d'un sénateur allié au nouveau mouvement En Avant !, qui avait créé la surprise aux dernières élections. Marié, déchiré entre ses deux relations qu'il n'arrivait pas à gérer – quitter sa femme (il avait un petit bébé, en plus de grands enfants d'une précédente union), arrêter avec Sheila (ou pire, qu'elle aille voir ailleurs) –, il avait créé de toutes pièces cette opportunité. Envoyer sa maîtresse en « mission », sous la forme d'une députation. Que Sheila se trouve une parenté avec ce « pays magique » renforça le stratagème.

C'est là que Sainte-Croix intervenait. Sheila y avait une vague grand-tante, chez laquelle elle s'était arrêtée une fois, alors que ses parents et elle rentraient de vacances en Espagne. Elle était toute petite, mais curieusement elle se rappelait le moment. Une cour de ferme. La vieille dame qui la prend sur ses genoux. Bien sûr, elle n'avait jamais, comme elle le prétendait, passé tous ses étés dans la région (on aurait même pu penser maintenant, après deux semaines à sillonner la campagne et à bobarder, le mensonge ayant fini par prendre corps, qu'elle y avait grandi). Que le maire la soutienne validait la légende. Elle était tout simplement du coin. Point. Même pas à discuter là-dessus.

– J'ai vraiment envie de changer le visage de notre région ! s'exclama-t-elle, alors que Jeanne se redressait ; duo parfait, gracieux, et plein de vie.

Elle était soulagée de l'accord du maire. Cela la confortait dans l'idée qu'elle pouvait avoir un coup de chance, que les planètes étaient bien alignées, qu'elle pouvait être élue. Et puis Thomas avait quelque chose, l'effet Walden était encore là, et cela avait provoqué un petit basculement, comme quand la réalité n'est pas tout à fait ce qu'elle devrait être. Le seul ennui, c'était s'il la googlelisait ? Il allait forcément la googleliser. En même temps, les gens ici n'avaient, paraît-il, pas Internet. Elle n'avait pas osé aborder le sujet, tellement c'était gênant. De toute façon, rien sur Internet. Pas de bobard en direct. Elle faisait super gaffe. Dès qu'il y avait une caméra, un micro, ou un smartphone d'ouvert, elle bottait en touche. Mais dès qu'elle était avec les « vrais gens », là, elle se lâchait, et leur disait la vérité : « Toute une partie de mon enfance… C'est des choses qu'on n'oublie pas… Si, à Sainte-Croix. »

– À Sainte-Croix-les-Vaches ?

– Oui. Dans la maison à la sortie du village, sur la droite.

C'était du velours. Sainte-Croix était vraiment paumé. Personne n'y mettait jamais les pieds. Mais on connaissait le nom. Saint-Croix-les-Vaches. Ça sonnait bien. C'était hallucinant que ce type ait lu Thoreau. Elle n'en revenait toujours pas. Thomas attendit qu'elles aient fini leurs manigances, en allant faire semblant de régler quelques papiers à la mairie, et puis, peut-être par gêne, il ne sortit pas quand elles furent sur le point de partir. Il fallut qu'elles viennent frapper à la porte qu'il avait pourtant fermée, pour qu'il confirme que c'était un soutien sans ambiguïté, c'est ce qu'elles exigèrent.

– On préfère être cash. Si on est avec nous, on est avec nous !

Elles poussaient leur avantage, et Thomas fut presque sur le point de se dire que ce n'était pas sport, pas avec le peu de femmes qu'il y avait ici, pas dans ce désert sexuel où il vivait ; et le Justin, quand elles furent parties, et que le sortilège se dissipa partiellement, dit : « Je lui aurais bien mis un coup, à celle de droite ! » et le vieux Monré, tout ectoplasme qu'il fût, mit son grain sel : « Celle qui s'appelle comme la chanteuse, c'est une romantique, mais elle a quand même un peu le feu au cul, et l'autre elle a le feu au cul, mais elle pourrait être romantique. » Et cela clôtura le dossier, au moins pour le moment.

Des années auparavant...

– 2 –

– Tu te rappelles la première fois que tu m'as vu ?

– Oui, c'est quand tu montais le col avec l'estafette.

– T'avais déjà capté pourquoi je venais ?

– Babik me l'avait dit au téléphone. Tu avais besoin de vacances au calme.

– Il t'avait dit quoi d'autre ?

– Rien. Juste « Mon » va venir te voir. On ne sait pas quand, mais on lui a donné ton adresse. Il faut qu'il soit tranquille.

Quand Thomas était adolescent, son père avait eu la prescience de la nuit qui s'annonçait. Il avait compris que le fossé qui existait déjà entre lui et le monde serait beaucoup, beaucoup plus violent pour son fils. Il avait tenu à ce qu'il apprenne un métier. Qu'il puisse le cas échéant « aller à la ville », si la nécessité s'en faisait sentir. Ils avaient fini par s'arrêter sur pépiniériste. C'était proche d'agriculteur, il ne serait pas dépaysé. En se démenant, le père était parvenu à trouver un établissement plus ou moins polyvalent qui assurait la formation, dans la banlieue de Lyon, où Thomas pouvait bénéficier d'une bourse.

Tout était parti de là. C'était un lycée technique, qui faisait aussi vaguement lycée agricole, en tout cas qui avait une section jardinier, tout en formant plombiers, maçons et électriciens. Ceux qui *a priori* n'étaient pas prédestinés au Nobel. Thomas avait sympathisé avec deux frères, qui habitaient une cité proche du bahut. Famille de bandits. Par eux, il eut accès à la pègre. Cela s'était fait de façon aussi naturelle que s'il s'était retrouvé dans une famille de musiciens, ou de clowns, ou de joueurs de foot. Babik et Enzo Branco. Père abonné à la prison (il y était encore quand Thomas avait fait la connaissance de ses fils). Cousins fichés au grand banditisme. Une famille de Gitans sédentarisés. Pour Thomas, des gens adorables, qui l'avaient pris en affection. Le week-end, ne pouvant rentrer chez lui, cela faisait trop loin, il était souvent invité à dîner. Entendre les discussions, voir les flingues, la came se vendre, les retours de cambriolage, cela s'était fait sans que Thomas prenne vraiment conscience que c'était mal.

C'était son premier contact avec un monde qui n'était pas sa montagne, les vaches, son père et son oncle sur un tracteur. Peut-être se dit-il que ce n'était pas grave, ou que c'était normal. Ou il le prit avec détachement, sans y faire attention, content d'avoir des copains. Toujours est-il qu'il fut rapidement au fait de la vie d'un voyou, sans jamais l'avoir été lui-même, ni même la désirer. S'il se faisait à sa nouvelle existence urbaine, la nouvelle de la maladie simultanée de son père et de son oncle le frappa de plein fouet. Il revint à Sainte-Croix dévasté, affolé, mais déjà différent. Malgré le chagrin, la surprise, l'effroi, il n'était plus tout à fait le même.

Son père fut emporté par un cancer en quelques semaines. Son oncle également. À ce moment-là, on ne faisait pas encore le lien avec les monceaux de chimie que manipulaient les agriculteurs à longueur d'année. Les deux frères avaient reçu des produits pilotes, qui étaient en phase test. Thomas était certain, rétrospectivement, que c'est ça qui les avait tués. Il se souvenait encore du type de la marque, venu récupérer les sacs, soi-disant pour les analyser, probablement plutôt pour éviter des preuves. L'été s'était annoncé dans la douleur. Il avait fait les moissons avec son cousin, dans une atmosphère de deuil, de sidération, de dénuement. Monré était apparu quelques jours après le décès de son oncle, deux semaines après celui de son père.

Il l'avait vu arriver de loin. En fait, il le guettait. Quand Babik l'avait averti par téléphone qu'un type allait venir, pour se reposer, il n'avait pas osé dire non. De toute façon il était dépassé par ce qu'il vivait, s'occuper des obsèques, un type de la banque était venu, la ferme était endettée, beaucoup d'argent à rembourser. Le notaire s'en était mêlé, gêné. La banque allait saisir la ferme, et celle de son cousin également. Trop d'emprunts, contractés de façon peut-être inconsidérée. Ou alors c'est le père et l'oncle qui avaient eu les yeux plus gros que le ventre. Ou la banque qui les avait induits en erreur. Enfin personne ne les avait forcés non plus. Transformations, innovations étaient nécessaires. Ici, on vivait encore comme au XIXe siècle. Avec les emprunts, on avait construit des hangars, une nouvelle laiterie, acheté des tracteurs et un pulvé. Épandu les produits fournis par le représentant du fabricant, qui les visitait régulièrement, leur vendait les engrais, les désherbants. Rationalisation des cultures, de l'élevage, du lait. Rationalisation de tout. Plus malin que les anciens, plus malin que la nature. Et beaucoup plus d'humains à nourrir dans les prochaines décennies que ne l'avait prévu la planète. Mais pas de remontée d'argent pour l'agriculteur. L'agriculteur était esclave, descendant d'esclaves, promis à enfanter des esclaves. L'agriculteur devait rembourser ses crédits, ou sa ferme serait absorbée, ses terres à l'encan. Sélection naturelle, plus de Sorlut. Plus de champs, de bêtes, de montagnes, plus rien.

C'étaient des jours de plomb. Le soleil était brûlant. Thomas se souvenait des moissons, avec son cousin, pendant que leurs pères agonisaient, frères dans la mort aussi, et de Médée-le-Vieux qui venait les visiter, essayait de comprendre, de conjurer le sortilège. Le rebouteux avait organisé une messe avec quelques vieilles, des bigotes, mortes depuis, suivie d'une autre cérémonie, la nuit, à la lune noire, mais il avait fini par baisser les bras, « Ce qu'ils ont, c'est le cancer, et ça leur ronge le corps, sortilèges ou pas, c'est trop tard, le mal est trop avancé, il finira son travail sans qu'on puisse l'en empêcher », et Thomas et Benoît s'étaient fait une raison, que pouvaient-ils faire d'autre de toute façon ? Et les jours étaient devenus des séquences d'incompréhension, de stupeur.

Thomas, qui s'était mis à fumer à Lyon, et à qui Babik avait donné un petit bout de shit, les premiers jours, sous l'emprise du cannabis, qui le déconnectait de ses émotions, avait tendance à rire, à avoir des petites quintes qu'il masquait par de la toux, conscient d'être décalé par rapport aux autres, à son cousin. Les deux ans passés à Lyon l'avaient changé, et, avec le shit, il voyait tout comme superposé, différentes réalités mal ajustées, la ville, la banlieue, sa terre, la mort. Mais assez vite la boulette de haschich s'était évaporée, et il était revenu sur terre, avec ce type que la banque avait envoyé, un médiateur, pour que tout se fasse dans les règles, que personne, et surtout pas la banque, ne puisse être accusé d'inhumanité. On essayait de trouver une solution, mais, comme il n'y en avait pas, Thomas et Benoît restaient à regarder le type, qui transpirait, il était en costume, ne voulait pas desserrer sa cravate, prenait un air grave, en raison du deuil, et eux hochaient la tête en répondant qu'ils ne savaient pas. C'était vrai, ils ne savaient rien. N'étaient ni au fait des emprunts, ni de la trésorerie, ni de quoi que ce soit qui aurait pu faire avancer ou débloquer la situation. Alors le type de la banque haussait les épaules et prenait un air encore plus triste, encore plus concerné. « Enfin, la bonne nouvelle pour vous quand même, c'est que vous n'aurez plus tout ce poids sur les épaules, comme vos pères ont dû le porter. » C'est vrai ? Mais aurons-nous encore notre ferme ?

C'est là-dessus que Monré avait surgi. Une apparition. Un truc qui rentrait en cours de partie. Auquel personne n'aurait pensé. Seul Médée-le-Vieux avait peut-être vu quelque chose, mais pas aussi précisément. Il avait dit à Thomas : « C'est dur, c'est beaucoup de mal qui tombe sur vous, mais je vois pas la fin des Sorlut. Une aide va venir. C'est pas possible que ça s'arrête comme ça », et Médée-le-Jeune, que Médée-le-Vieux avait pris sous son aile, comme sa continuation, l'avait vu aussi dans les cartes – il tirait le jeu de Lenormand, d'après le Vieux il était très fort. Ça allait s'arranger. Monré était arrivé l'après-midi du matin où le représentant était venu récupérer les sacs de produits.

– J'en ai besoin pour faire des analyses.

– Vous les reprenez tous ?

– Oui.

Le représentant avait même passé le jet dans les réservoirs du pulvé, soi-disant pour récupérer des traces du produit, ou pour justement qu'il n'y en ait pas, et il était reparti. Et quelques heures plus tard, c'est Monré qui était arrivé. Cela faisait comme au théâtre. Monré avait dit :

– C'est toi, Thomas ?

Monré avait garé l'estafette derrière la ferme, pour qu'elle ne soit pas vue du chemin, même si personne ne risquait de la voir. Il l'avait collée cul serré contre le mur d'une grange, pour ne pas qu'on puisse accéder à l'arrière, et il s'était installé dans sa chambre, indifférent au deuil, à la douleur, à la panique qui prenaient possession de Thomas.

La ferme va être saisie, ma ferme va être saisie, comme un mantra absurde. Les premiers jours, le bandit était resté dans sa chambre, mais après il était sorti, et ils avaient fait connaissance, sympathisé. Thomas était sous le choc, une autre vie, qu'est-ce que je vais faire ? Partir à la ville ? Mais pour quoi faire ? Ça ne percutait pas. Il n'y arrivait pas. Monré aimait bien marcher et voir devant lui à perte de vue. Il avait fait pas mal de prison. Thomas le distrayait. Il avait l'air content. De lui, de l'existence. Et même s'il ne le disait pas, ça se sentait que c'était en rapport avec la camionnette. Ils allaient sur les Causses et le truand se mettait à lui expliquer la vie, ce qu'il fallait faire, ce qu'il aurait fait, lui.

– Déjà, le mec de la banque, je lui aurais fait peur.

– Peur comment ?

– Peur comme peur. Qu'il mette ton dossier sous la pile. Qu'il t'oublie.

– S'il me dénonce aux flics, ce sera encore pire.

– C'est une question de proportion. T'as deux choses qui déterminent l'attitude d'un homme. La passion et la raison. Quand un gars a le canon du flingue dans la bouche, ses émotions lui disent quoi ?

– De ne pas discuter. D'être d'accord.

– Ensuite, il n'a plus le canon du flingue dans la bouche, la peur s'estompe. Sa raison prend le dessus. Il se dit, je vais aller chez les chtars et je vais porter le pet.

– Normal.

– Sauf que, sa raison, tu lui as parlé aussi. Tu lui as dit, comme ça, dans le creux de l'oreille…

Il prenait le bras de Thomas, le serrait, attirait le jeune homme à lui, se collait à son oreille, en chuchotant, Thomas sentait son haleine teintée d'alcool.

– « Et si t'as idée d'aller chez les poulets, pense que jamais ils ne pourront te protéger 24h/24h. On a ton adresse et une photo de tes enfants. Mais si tu fais ce qu'on te dit, t'entendras jamais plus parler de nous. Totale sécurité garantie. »

– C'est vrai qu'on peut hésiter.

– Il y a un risque, toujours, mais ça peut marcher aussi. Je l'ai fait plusieurs fois.

– Ça a marché ?

– Sauf une fois. Le mec a appelé les flics. Ils m'ont choppé en flag quand je venais le rechatouiller. J'ai pris quatre piges.

Il n'y avait pas que des conseils pratiques. Monré avait des idées sur tout, le social, l'avenir du monde, la politique, même sur l'agriculture. Mais surtout, il aimait bien imaginer.

– Je suis un entrepreneur. Si j'avais pas fait voyou, j'aurais monté des sociétés.

Il trouvait que Sainte-Croix-les-Vaches avait du potentiel.

– Imagine ! Pas de gendarmerie. La première, elle est à combien ?

– Quatre-vingts à peu près.

– Ils viennent des fois, les gendarmes, ici ?

– Non.

– Donc pas de parasitage de la loi. Ensuite le voisinage ? C'est du genre à poser des questions, à se mêler ?

– Non plus.

– Et puis c'est grand. À part les Sorlut, qui est-ce qui va sur la montagne, là ?

– Personne. Des randonneurs des fois l'été, mais pas souvent. L'hiver, il y a de la neige.

Monré voyait un no man's land. Une base arrière. Le bureau-vestiaire où la pègre aurait pu préparer ses mauvais coups, se reposer. Pour un peu, il aurait presque imaginé une maison de retraite, un restaurant, un village de vacances pour voyous, où se réfugier en cavale, se faire livrer de la drogue, entreposer des armes.

– Pense que la société te fait pas de cadeau. Non seulement personne ne t'attend, mais, quand elle peut te mettre la tête sous l'eau, elle ne s'en prive pas. La preuve, non ?

La preuve, oui. Thomas en était bien conscient. Quelques semaines après son arrivée, Monré partit en camionnette. Il revint le soir. Gara la camionnette, mais cette fois pas cul collé contre un mur, normalement, et Thomas put voir l'arrière : il était vide. Le lendemain, il prévint Thomas qu'il descendait en ville, parce qu'il avait une affaire à régler, mais qu'il rentrerait bientôt. Le jour suivant, il n'était toujours pas là. Le jour d'après non plus, et finalement Thomas lut dans le journal qu'« une figure du banditisme lyonnais » avait été retrouvée, sur le bord du Rhône, les mains attachées derrière le dos avec du fil de fer, une balle dans la tête.

Les jours qui suivirent, Thomas se réveilla. Une nouvelle énergie s'emparait de lui, comme s'il était possédé, saisi de la fièvre qui avait agité Monré, la fièvre de l'or, boosté en plus par la panique, la vente de la ferme, la perte de tout. Il fit un dessin de l'empreinte des pneus de la camionnette, dans la cour, et il partit en quête du trésor. Il avait vu la direction prise par Monré, il n'y avait pas d'issue, au bout de la route, c'était un cul-de-sac. Il n'y avait que des chemins de terre, qui partaient sur le flanc de la montagne, au bout des Causses. Thomas procéda méthodiquement. Il s'arrêta à chaque chemin et vérifia si l'on voyait des empreintes (par chance, il y avait eu un orage la semaine précédente, la terre marquait un peu). Il mit deux jours entiers, sans se décourager, à trouver la bonne piste, un chemin qui montait vers un aplomb rocheux où il y avait des crevasses et un gouffre. Il le suivit, attentif aux traces. Monré n'avait pas pu aller très loin. Thomas avait la certitude que l'arrière de la camionnette était plein. Cela faisait beaucoup d'allers-retours sous le cagnard, depuis le chemin où Monré avait pu rouler. La cachette devait donc être visible. Il mit encore presque une journée à la trouver. Les cartons étaient empilés au fond d'une vieille grotte, qui avait dû abriter des ours quand il y en avait encore, et des hommes préhistoriques quand la région était peuplée. Un randonneur avait fait un feu sur le devant, mais cela ne datait pas d'hier. Il y avait une cinquantaine de cartons. Remplis de sacs-poubelle. Chaque sac était bourré ras la gueule de billets de banque.

– Ça a dû te faire chaud dans tout le corps, non, quand tu les as trouvés ?

– Oui.

– C'est l'oseille, lui précisa le fantôme du voyou. Ça apaise une pulsion de nourrisson, ça équivaut à la satiété.

En prison, comme certains voyous, Monré avait beaucoup lu. Il en était plus savant. Thomas avait déménagé les cartons, au cas où, même si Monré ne risquait pas de revenir (et que c'était peu probable qu'il ait pu expliquer quel chemin, et où était la cachette, même si on l'avait torturé). Thomas transporta pourtant le magot en lieu sûr. Il attendit plusieurs semaines, mais personne ne vint. Il reçut un coup de fil de Babik, qui l'informa que le gars qui devait venir chez lui ne viendrait pas, qu'il avait eu un problème, et Thomas réalisa que personne, en fait, ne savait que Monré avait passé un mois là, laissant une fortune dans des cartons et des sacs-poubelle. Il comprit que c'était le destin, et il l'accepta, comme on accepte une mission, ou une charge, mais aussi une chance, et il décida de s'en montrer digne.

– La première chose que t'avais à faire, c'est de repousser les vautours.

Ce qu'il avait fait. Lors du dernier entretien avec le type de la banque, pour signer encore des papiers auxquels lui et Benoît ne comprenaient goutte, le type avait fait allusion à un éventuel bas de laine. « C'est vrai, vous n'avez vraiment plus rien ? Normalement, les paysans, vous avez toujours un bas de laine. » Il avait pris rendez-vous, y était allé avec la somme exacte, plus d'un après-midi à compter les billets. Rembourser les crédits sur les deux fermes faisait exactement trois cartons et demi. Il avait dit au type : « En fait, si, on avait un bas de laine. » Le connard l'avait regardé, interloqué, effaré et surpris. Surtout surpris que des pedzouilles comme eux soient en fait si argentés. Thomas en avait éprouvé une jubilation, un sentiment inconnu de savoir que maintenant il était quasiment tout-puissant. Il restait plusieurs dizaines de cartons, donc plus que plusieurs dizaines de fermes. Son règne pouvait commencer sous de bons auspices. Les caisses du Royaume étaient bien garnies.

– C'est là où tu as été malin. Moi, à ta place et à ton âge, j'aurais tout flambé.

Mais cela n'avait pas été la réaction de Thomas. Trop empreint de respect, presque de piété, envers sa lignée, ses ancêtres, la terre, les Causses et la montagne. Il avait été voir son cousin. Benoît l'avait regardé avec des yeux ronds.

– Comment ça, tu as remboursé ? Avec quoi ? Tu sais que ce n'est pas possible.

– Si, je les ai remboursés. Regarde, c'est le reçu. J'ai mis l'argent sur le compte. Ils ont rajouté des pénalités à cause du remboursement anticipé.

– Je ne te crois pas.

– Regarde par toi-même.

Il avait senti la fracture à ce moment-là. Il l'avait sentie presque physiquement, comme si la terre s'ouvrait et qu'il soit de chaque côté d'une faille, minuscule encore, mais dont le destin était de se creuser, irrémédiablement, de la même façon que leurs pères et leurs fermes respectifs étaient de part et d'autre de la vallée. Il n'en voulait pas à Benoît. Il savait bien que c'était incroyable, et Benoît ne pouvait pas savoir que Thomas avait été choisi, pour être roi, pour gouverner le Royaume. Ils avaient été élevés ensemble, frères de sang plus que cousins. Leurs pères, en dénuement d'épouses, solitude, plus de jupons, de seins, de rires de femme, avaient fait venir des filles de l'Est pour se marier. C'était avant Internet, avant des émissions comme « Le bonheur est dans le pré ». Mais il y avait des agences, avec des petites annonces. Ils avaient choisi sur dossier. Les gens du village les avaient appelées les Russes, mais elles étaient roumaines, ou hongroises, enfin de ce coin-là. Et au départ elles avaient dit qu'elles étaient sœurs, mais en fait non, juste du même pays. Même pas amies, juste postulantes au sein d'une même agence pour épouser un Français et accoucher d'un enfant. Ce qu'elles avaient fait, et ensuite, quand Thomas et Benoît étaient encore petits, maintenant qu'elles parlaient bien français, elles s'étaient sauvées avec un peu d'argent et on ne les avait jamais revues. C'était un coup dur, car les pères n'avaient pas les moyens de repayer une deuxième fois l'agence, alors ils restèrent sans femme, et pour s'occuper des enfants, ils firent venir une tante, veuve depuis peu, que ça arrangeait aussi, et comme l'école avait fermé, c'est elle qui fit l'éducation des enfants.

Poupoune leur apprit à lire, à compter, leur enseigna l'histoire et la géographie, et les sciences naturelles, comme elle-même avait appris tout ça. Thomas et Benoît réussirent leur certificat d'études (ils furent probablement dans les derniers à passer cet examen, mais les pères y tenaient), puis le brevet. Quand Thomas se retrouva au lycée pour faire la formation de pépiniériste, il n'était pas perdu, preuve que l'éducation de Poupoune n'était pas si ringarde que ça. Il parlait même un peu anglais, avait les bases de la grammaire.

Poupoune n'avait pas réussi à leur communiquer le goût de la lecture, mais elle leur lut quelques histoires, dont certaines marquèrent Thomas. *Le Petit Prince*, qui n'était pas étranger à cette histoire de roi et de Royaume qu'en lui-même il prenait au sérieux. *L'Homme des vallées perdues*, dans la Bibliothèque verte, où un pistolero vient habiter dans une famille d'agriculteurs, au Far West, ses deux pistolets avec des encoches dessus, qu'il interpréta après coup comme une prophétie, tellement c'était proche de l'arrivée de Monré, des années plus tard. Et quelques autres, comme *Le Livre de la jungle*. Mais finalement pas beaucoup non plus.

Si l'on songeait qu'il avait passé toute son enfance dans ce no man's land retiré, oublié du temps, en épousant de plain-pied un destin singulier, on pouvait penser à juste titre qu'il était hors norme, original. Probablement assez déconcertant dans sa façon de voir le reste du monde. Entre le fantôme de Monré, celui de Poupoune dont il rêvait parfois (mais qu'il ne voyait jamais dans la journée, contrairement à celui de Monré, dont il ne rêvait par contre jamais), son empire qu'il gérait, ses activités délictueuses. Tout cela avec pour souci constant de faire perdurer un Royaume oublié. D'en préserver l'immuable immobilité, que la modernité venait cogner de ses ondes néfastes.

– T'as quand même eu plus de chance que moi. Toi, t'as eu qu'à te baisser pour le ramasser, alors que moi, j'ai passé une partie de ma vie au placard, et au final j'ai même pas profité de l'oseille quand j'ai touché le tiercé.

L'hiver après l'été de la mort des pères, de celle de Monré, de la découverte du Trésor, c'est Médée-le-Vieux qui monta au ciel à son tour. L'enterrement eut lieu dans le petit cimetière, précédé d'une bénédiction, dans l'église. Sans curé. Il n'y en avait plus depuis longtemps. L'église servait juste aux bigotes qui venaient réciter leurs prières, et à Médée-le-Vieux, qui y faisait des cérémonies de sorcellerie. Médée-le-Jeune hésita à ajouter quelque chose, en tant qu'héritier, mais il ne le fit pas. Ils pensaient tous la même chose. Thomas. Benoît. Le Justin. André qui était un peu plus vieux, mais encore jeune, qui s'occupait de l'imprimerie. Et c'est tout. C'était Sainte-Croix. À part la Chouette et quelques autres, dans les dix ans à venir, du petit groupe de vieillards qui se signaient et marmonnaient des bondieuseries, il ne resterait qu'eux, les jeunes. Sans femmes. Plus de femmes, jamais. Peut-être la terre ne voulait plus qu'on enfante sur ce sol. Ou peut-être qu'il y avait eu des erreurs, un mauvais aiguillage quelque part. Ou juste la malchance. Ce jour-là, alors que Médée-le-Jeune se préparait à la succession (heureusement qu'il tirait les cartes de madame Lenormand, que son initiation était terminée), Thomas, lui, commença à penser à la suite.

– Tout ce que je t'avais dit, ça te trottait dans la tête, commenta le fantôme du voyou.

– Oui. Surtout que la société me ferait pas de cadeaux. Qu'elle ne faisait pas de cadeaux aux gens comme nous. Qu'elle nous ferait boire la tasse, si elle le pouvait.

Il ne parla à personne du trésor, sauf à Médée-le-Jeune, en lui racontant l'histoire de Monré, mais sans dire le montant exact du magot qui restait. Il avait besoin que celui qui allait le conseiller ait une vision juste, pour pouvoir faire une bonne analyse. Ensuite, il eut une discussion avec le Justin, reprenant les arguments de Monré.

– Mais tu penserais à quoi, comme activité illégale ? On ne va pas se mettre à faire des attaques de banques.

– Monré disait qu'on pouvait commencer avec l'imprimerie. Que c'était un cadeau du ciel.

C'était la seule activité (très) vaguement industrielle qu'avait jamais connue Sainte-Croix. Une petite imprimerie qui sous-traitait pour l'administration. Elle était en sommeil, pour ne pas dire dans le coma, depuis plusieurs années. André, le fils, qui l'avait reprise, avait essayé de vendre les machines, mais personne n'en avait voulu. Quand Thomas et le Justin lui parlèrent du plan, il n'y vit pas d'objection. Il pouvait fabriquer sans problème des faux papiers, et toutes sortes de documents.

– Mais on va les écouler comment ? On va passer une annonce dans le journal ?

– Je m'en occupe.

Thomas était retourné à Lyon. Il avait expliqué le topo aux deux frères, qui avaient trouvé que c'était une bonne idée. Des papiers, on en a toujours besoin, ils pourraient faire le relais. C'est ainsi que l'entreprise avait démarré. Et jusqu'à l'irruption de Sheila et de sa complice Jeanne, venues conquérir la députation, le Royaume était prospère, et Thomas était un souverain heureux.

Dans une contrée oubliée...

– 3 –

Ils suivirent le résultat des élections chez Bello, qui avait été le café du village, le dernier survivant d'une fratrie de plusieurs bistrots, au temps où Sainte-Croix comptait encore des habitants valides. Bello avait été le dernier à fermer (c'était le descendant d'un journalier italien qui avait échoué là plus d'un siècle auparavant, mais les gens continuaient à dire chez l'Italien). Thomas et les autres avaient gardé le café, qui n'ouvrait que pour eux, mais qui ressemblait encore parfaitement à un café, comme s'il était ouvert, vivant, animé. C'est André qui s'occupait du service, cela s'était fait comme ça, peut-être qu'il aimait jouer à l'aubergiste, l'apéro, toujours la même formule, pastis pour tous, sauf pour Thomas, qui se contentait d'un verre de vin, de son vin, avec un clou de girofle dedans, pour faire passer le goût, parce que c'était de la piquette, mais il tenait à le boire. Son père et son oncle le faisaient, cela fait partie du rituel.

– Tu crois que c'est elle qui va passer ?

– Ça pourrait être le FN.

– Non, les gens disent qu'ils vont voter FN parce qu'ils en ont marre des Arabes et qu'ils aiment bien râler, mais, en vrai, ils ne veulent pas vraiment.

– Attends, ça y est, regarde, ils basculent sur son QG.

– Il y a l'autre derrière.

– Comment elle s'appelle déjà ?

– Jeanne. Et la députée, c'est Sheila, comme la chanteuse.

– Elles ont l'air d'avoir la banane !

– C'est que ça doit être bon.

– Putain, 64 % !

– Elle l'a défoncé !

– C'est grâce à toi.

– Quand même pas. On n'a que deux cents votants.

– Oui, mais elle a dit que tu la soutenais. Je l'ai lu dans le journal.

– Et alors ?

– Ça compte. Peut-être tu ne t'en rends pas compte, mais t'as de l'influence.

Thomas avait haussé les épaules. Sheila faisait une déclaration, elle remerciait les électeurs, leur promettait un nouveau départ. Une renaissance. Pour la terre, pour les montagnes, pour les Causses, pour la région. Pour tous ceux que la République avait délaissés. Elle le promettait, ce temps-là était révolu.

– Elle parle bien.

– C'est une politique.

– Elle a l'air sincère.

– Ils ont tous l'air sincères.

– Elle, elle l'est peut-être.

– De toute façon, pour nous, qu'est-ce que tu veux que ça change ?

– Maintenant qu'elle est élue, tu peux être sûr qu'on n'aura pas de ses nouvelles avant les prochaines élections.

Mais ils se trompaient. Alors que, dans le poste de télévision, le candidat malheureux du FN remplaçait la radieuse Sheila, pour commenter sa défaite, le téléphone sonna. Cela fit l'effet d'une manifestation surnaturelle. D'abord tout le monde avait oublié ce téléphone, même André, c'était un vieux téléphone, gris, qui datait de Bello, avec des touches en plastique, et la seule explication, c'était que la Chouette continuait à payer l'abonnement, ce qui était possible, maniaque comme elle l'était. Mais sur le moment, ce n'est pas ça qui leur traversa l'esprit, plutôt que le téléphone sonnait et qu'il n'aurait pas dû, et donc que cela émanait, avec une quasi-certitude, du surnaturel. C'est André qui se leva pour répondre. Il hocha la tête, dit : « Oui, bien sûr, je vous le passe », puis tendit le téléphone à Thomas. C'était pour le maire.

– Comment allez-vous ? Je tenais à partager cette victoire qui est aussi un peu la vôtre.

– C'est gentil, merci. On vient de vous voir à la télé.

– Vous ne pouvez pas savoir à quel point je suis contente.

– Si, j'imagine.

– Ça va être un nouveau départ. Pour vous, pour tout le monde !

– Si vous le dites.

– Avec Jeanne, nous avons de grands projets, beaucoup d'idées. Nous aimerions en parler avec vous.

– Vraiment ?

– Oui. On a besoin de gens dans votre genre. On a besoin d'avancer, de construire, et différemment.

– En avant !

– Exactement.

– Vous voulez venir quand ?

– J'imagine qu'avec vos activités, vous êtes très occupé, mais je me calerai sur vos disponibilités.

– Je suis là. Dites-moi.

Elle proposa le lendemain, de façon à ne pas perdre de temps. Qu'elle fasse allusion à ses « activités », même s'il n'y avait aucune chance que cela soit en rapport avec la part d'ombre qui recouvrait Sainte-Croix, activa une minuscule alerte dans le fond de son esprit, mais il n'en tint pas compte. Il était surtout flatté, et content de la revoir.

– Elle vient demain. Elle veut me parler.

– De quoi ?

– Je ne sais pas.

– Peut-être qu'elle veut que tu sois ministre.

– Ça n'a pas de rapport, elle est députée.

– Oui, mais un genre de ministre. Comme elle va gouverner la région…

– Elle, c'est la députation qu'elle gouverne. Elle s'occupe des lois. C'est différent.

– C'est un peu pareil.

– De toute façon, ils ont toujours besoin de ministres.

– Et l'autre, elle vient aussi ?

– Celle qui a plus de seins ?

– T'as trouvé qu'elle avait plus de seins ?

– C'est parce que Sheila avait un pull.

– Non, je ne crois pas. Jeanne est plus fournie niveau poitrine.

– Tu connais son prénom ?

– Elle me l'a dit. Jeanne, c'est pas compliqué à retenir.

– Ça fait penser à Jeanne d'Arc.

– Elle n'a pas l'air vierge pourtant.

Du côté des deux filles, l'euphorie prédominait. C'était la victoire, mais surtout tellement inattendue, tellement surprenante. Sheila députée et Jeanne à ses côtés, représentantes du peuple, influant sur le sort de la nation. Elles en étaient ébahies. Tout s'était enchaîné si vite, la décision de Jean-Pierre, son air grave, Sheila et lui venaient de baiser, lui annonçant qu'il pensait à elle pour les législatives. En Avant !, brutalement, sans que personne ne l'ait prévu, prenait de l'ampleur, se trouvait maintenant en pole position, alors que le reste de la classe politique, engluée dans les affaires et la naphtaline, sombrait corps et biens. Aussi incroyable que cela puisse paraître, un vent de changement soufflait sur le pays, et elle, Sheila, allait faire partie de la vague. C'était stupéfiant. Incroyable. Quand Jean-Pierre lui avait annoncé ça, elle pensait justement à rompre. Erreur, erreur totale, elle avait failli commettre une bourde. Non pas qu'elle soit avec lui par intérêt, mais il était marié, ne quitterait pas sa femme, dont il venait d'avoir un enfant, et, à 38 ans, être dans le rôle obscur de l'illégitime d'un homme qui avait une vie publique, que l'on voyait sur les plateaux de télévision, n'était pas folichon. Sheila, jusqu'à présent, n'avait pas fait grand-chose. Après Sciences Po, elle avait grenouillé dans les médias, une chaîne de télé, puis la création d'un site d'info *pure player*, et enfin la politique. Rien de prestigieux. De la com' pour un ministre, puis Jean-Pierre, dont elle s'était éprise, et avec qui elle sortait depuis presque deux ans. La perspective de se retrouver députée la fouetta aux sangs. C'était une chance qui ne se représenterait pas. Elle le réalisa instantanément. Tout pouvait changer. Elle se prit à rêver à l'impensable. Un destin. Quelque chose de grandiose. Après tout, pourquoi pas ? Jean-Pierre avait été un bon mentor. En deux ans, elle avait beaucoup appris. La politique était un théâtre où, pour réussir, il était nécessaire de maîtriser ce que Jean-Pierre appelait « l'art de la tartuffade ». Posture, déclaration, effets d'annonce, médias. Tout ce qui faisait qu'on appréciait aujourd'hui quelqu'un.

– La maîtrise de l'espace virtuel, c'est l'enjeu.

– Mais il faut bien s'appuyer sur des faits, sur une réalité ?

– Pas vraiment. Les gens savent de toute façon que c'est pipé.

– Mais pourquoi continuent-ils, alors ?

– À y croire ?

– Oui.

– Tu veux qu'ils fassent quoi ? Qu'ils renoncent à penser qu'il y a une lueur ?

– Ils pourraient se révolter.

– Ce qui provoque une révolution, c'est la faim. Quand les gens sont impactés directement. Tant que tu restes au-dessus de la ligne de flottaison, le peuple préfère avaler des couleuvres qui garantissent la cohésion du groupe.

– Mais avec En Avant !, cela va changer ?

– Avec toi comme députée, je n'en doute pas.

Avec Jean-Pierre, il était difficile de dépasser l'ironie. Elle n'avait pas insisté, sur le moment n'y croyant pas vraiment. Elle avait quand même débauché Jeanne, intime, les quatre cents coups ensemble, la vraie copine. Si jamais elle devenait députée, autant être bien entourée (et bien se marrer). Et puis la machine s'était emballée. Même Jean-Pierre était surpris. En Avant !, qu'il avait rejoint en étant plus ou moins tricard, ou sur la touche, ou has-been, de son parti d'origine, était sur le point de tout balayer. Les gens y croyaient, s'enthousiasmaient, et bingo, En Avant ! était sur le podium au premier tour et emportait la palme au second. Jean-Pierre, qui avait lancé cette idée de députée, sans y croire, parce qu'il sentait que Sheila risquait de le quitter, se trouva pris dans l'engrenage. D'autant qu'elle, maintenant, poussait à la roue, s'était trouvé des origines locales, sortait de son chapeau un plan de bataille, un programme, se propulsait dans la mêlée. Il n'y avait vu, finalement, que des avantages. Il pourrait la sauter régulièrement, sans qu'elle soit dans ses pattes. Et elle serait suffisamment occupée pour ne plus l'embêter avec la question de sa situation conjugale, de sa double vie, ce qui était toujours pénible.

– Et Sheila, la vraie, vous aviez des liens avec elle ? C'est quelqu'un de votre famille ?

– Oui. C'est une cousine de ma mère.

– Ah bon ?

Les gens en restaient comme deux ronds de flan. Ce prénom, qui l'avait empoisonnée toute son enfance, devenait maintenant un atout. « Non, évidemment, bécasse, Sheila n'était pas de ma famille. C'est juste que ma mère était un peu conne, elle tenait une quincaillerie avec mon père, c'était des petites gens, comme vous d'ailleurs, elle me faisait des couettes pour aller à l'école, et on se foutait de ma gueule. » Mais, maintenant, tout était différent. Sheila, c'était comme une marque. Un nom que tout le monde connaît. Et des Sheila en politique il n'y en avait jamais eu. Jusqu'à maintenant. Maintenant, il y avait elle, Sheila, la vraie Sheila, dont on allait parler, qui allait faire parler d'elle, qui allait prendre une place, sa place, la place de Sheila. « Alors, oui, si, Sheila, c'était une cousine de ma mère. C'était écrit. Un jour, moi aussi je serai célèbre, et plus célèbre encore qu'elle. »

– Ça doit être formidable, quand on est enfant, d'avoir quelqu'un dans sa famille comme ça !

– Oui, c'était génial.

– Je peux faire un selfie avec vous ?

– Bien sûr.

Elle s'y était faite très vite, et Jeanne aussi. Être sympa, les marchés, les discussions, les visites dans les entreprises, à la coopé, dans la laiterie, dans les mairies, les bistrots, la visite de la ferme. Les deux avaient épousé le truc, comme si elles étaient faites pour ça. Sheila avait bobardé sur ses racines à Sainte-Croix-les-Vaches, et Jeanne, plus efficace, plus pragmatique, s'était trouvé un Jules sur place, un militant syndical, influent, omniprésent sur le front de la défense des produits locaux. Geoffroy Cameaux, un vrai, exactement ce qu'il fallait, ce qui lui permettait de laisser entendre, de glisser, qu'« elle était très, très investie dans le tissu local, pour des raisons d'abord sentimentales ». L'idée, elles l'avaient très vite formulée, c'était, en cas de victoire – et ça avait l'air sacrément bien parti –, de se servir de cette opportunité pour faire fructifier leur mise, pour se propulser en première division. Après tout, aujourd'hui, tout semblait permis.

– Elles t'ont dit qu'elles seraient là vers quelle heure ?

– Elle m'a dit dix heures, dix heures et demie.

– Elles ne viennent pas les deux ?

– Je ne sais pas. Peut-être que si.

– On les reçoit où ?

– Comment ça, on ?

– On fait partie du conseil municipal, c'est normal qu'on soit là.

– Elle m'a parlé à moi.

– Oui, mais en tant que maire.

– Justement, le maire, c'est moi.

– Il n'y a aucune raison que tu les voies tout seul.

– Je ne vois pas pourquoi vous en faites tout un plat.

– Alors pourquoi t'as mis ton costume en velours ?

Les filles arrivèrent vers onze heures, avec un peu de retard. Thomas les guettait depuis la mairie, les autres cantonnés chez Bello, derrière la baie vitrée, surveillant l'arrivée de la voiture. Justin aux cent coups, André aussi, Médée plus circonspect. Les filles étaient en robe. Des robes d'été. Il faisait beau. Cela fit comme une apparition, dans un film, quelque chose qu'on attendait depuis longtemps, qu'on n'espérait plus. Elles se garèrent devant la mairie. Thomas cette fois sortit pour les accueillir. Elles dirent : « Bonjour, monsieur le maire », et lui : « Ça va ? Vous avez fait bonne route ? », et elles acquiescèrent, sans réaliser ce que leur irruption avait d'incongru et d'extraordinaire. C'était impossible pour elles. Le *gap* était trop important. Même en imaginant qu'il y ait rarement des jeunes femmes en robe d'été à Sainte-Croix, elles ne pouvaient pas supposer que c'était à ce point-là, qu'elles étaient plus qu'un événement. Une fissure, plutôt, dans le flanc de la montagne, qui se répercutait jusqu'au début des Causses, et peut-être le signe d'une nouvelle fertilité. C'est en tout cas comme ça que les autres, scotchés derrière la vitre de Chez Bello, le décodèrent. Ils le sentirent dans leur chair, dans les vibrations de la terre, dans les ombres qu'elles projetèrent sur les murs des maisons, en descendant de leur voiture et en entrant dans la mairie.

– Je vous en prie. Entrez.

– C'est vraiment très aimable à vous de nous recevoir.

En les regardant s'asseoir, Thomas eut un début de vertige. Non pas qu'il soit au bord de la syncope d'avoir devant lui deux individus de sexe féminin. Il avait l'habitude des femmes et baisait assez régulièrement, quand il allait à Lyon ou à Marseille pour les affaires, mais il s'agissait d'autre chose. La tête lui tourna pour une raison qu'il ne parvint pas à identifier. L'impression d'un sentiment ancien, déjà vu. Une mélodie aigrelette qu'un lutin aurait jouée à la cabrette et qu'il s'amusait à reprendre, inlassablement. Il eut la certitude que la scène avait déjà eu lieu, à de nombreuses reprises, qu'elle se rejouait, régulièrement, peut-être jusqu'à la fin des temps, si tant est que la fin des temps survienne un jour. Une conspiration entretenue pour le plaisir d'un géant de conte de fées, qui l'aurait observé, lui, Thomas, le seigneur des Causses, et ses acolytes, si désemparés, finalement, devant une intrusion extérieure.

– Votre commune est tellement charmante. Tellement… — Sheila, en pamoison.

– Authentique ! — Jeanne, trouvant le mot juste.

Super-Sheila et Super-Jeanne avaient donc conçu un plan de combat, doté de stratagèmes ambitieux, au centre desquels se trouvait un film documentaire montrant leur action pour un « monde demain meilleur » – MDM. Un monde bonifié, réconciliant nature et culture, la ville et la campagne, la tradition et la technologie. Tout un truc à base de laïus dans l'air du temps. Du « green » parfaitement rodé. Des énergies renouvelables. De l'éco-conscient. De l'équitable, avec du terroir. De la responsabilisation. Que de la crème. Elles pensaient pouvoir mettre en scène des locaux (des « vrais gens »), filmer des situations, où, au final, on aurait retenu une épopée. Deux filles courageuses et démerdes, changeant le monde avec pas grand-chose, dans une région paumée qui se réveillait enfin parce que, avec un peu de bonne volonté et pas mal d'huile de coude, on pouvait faire beaucoup. Seulement, elles s'étaient vite rendu compte que cela ne marchait pas. Personne ne les avait attendues. Le bullshit fonctionnait à Paris. Ici, il y avait belle lurette que les gens se prenaient en main. Des myriades d'associations, de réseaux, de solidarités, de groupes de réflexion et d'action œuvraient à réaliser tout ce que les filles pensaient mettre en avant comme des innovations flamboyantes. Certes, tout n'était pas parfait, mais leurs grandes déclarations, leurs initiatives, tout cela ferait pschittt avant même qu'elles n'aient dit « moteur ».

– Nous aimons beaucoup notre village. — Thomas, grave dans sa constatation.

– Cela se comprend parfaitement. — Sheila, dans le sens du poil.

– C'est un diamant brut ! — Jeanne, en rajoutant.

Restait Sainte-Croix-les-Vaches. Sainte-Croix-les-Vaches était l'énigme. Et ce type, ce type, bon Dieu, qui avait lu Thoreau !!! Dans cet espèce de bled où rien ne semblait avoir changé depuis les années cinquante, peut-être même la Révolution, voire le Moyen Âge. Quand on regardait une carte, c'était plus compréhensible. Sainte-Croix se trouvait à cheval sur trois circonscriptions. Ensuite, c'était un cul-de-sac. La route qui y menait n'allait nulle part, elle se perdait dans la montagne, se transformait en piste, pas encore goudronnée (pas encore goudronnée !!!) et de toute façon impraticable l'hiver. Et il n'y avait pas de réseau. Encore moins d'Internet. Il devait y avoir eu un exode massif, implacable. Mais il restait des habitants. Dont l'un connaissait *Walden et la Vie sauvage.* Une terre vierge.

– Vous êtes maire depuis longtemps ?

– Vingt-cinq ans environ. Mon père l'était avant moi.

Alors admettons qu'on y tourne un documentaire. Un truc fou, où elles, Jeanne et Sheila, mettent en pratique toutes ces théories, transforment les choses, magnifient la vie – bien sûr, de façon purement virtuelle, ce serait en fait plutôt une fiction –, qui viendrait vérifier ? Personne. Car personne ne venait à Sainte-Croix. Par contre, le documentaire, habilement diffusé sur une chaîne grand public – ça, Sheila en faisait son affaire –, appuyé par des articles dans les féminins – ils allaient adorer – et quelques conférences-séminaires (avec des philosophes, des managers éco-conscients, des journalistes éclairés), ça pouvait faire un carton. Et, quoi qu'il en soit, les positionner, les faire exister.

– Et toujours sans appartenance politique ?

– Oui. Je suis « sans étiquette ».

Jeanne voyait parfaitement l'affiche. Le panneau Sainte-Croix-les-Vaches, avec le paysage derrière, les montagnes, les Causses, un buron au loin – elles avaient découvert ce concept, les « burons », des petites maisons de lauze que construisaient les éleveurs pour abriter les buronniers et la fabrication du fromage, trop chou vraiment. C'était tellement cool, si on arrivait à donner à ça une touch « *green* » (c'est-à-dire pas trop pedzouille non plus). Pour ce qui était de leurs idées, de leur « programme », c'était assez vague, mais globalement on pouvait dire que cela reposait beaucoup sur la permaculture. Ni l'une ni l'autre n'auraient pu vraiment expliquer ce que c'était – Sheila aurait dit que c'était surtout à base de compost, mais c'était clair que la permaculture était un truc génial. Probablement une voie salutaire pour l'avenir du monde, même si Jeanne et elle avaient essayé de faire une fois du compost sans grand succès – pouah, quelle horreur, on dirait du vomi répugnant, avec des asticots dedans –, elles étaient sûres que c'était top.

– Donc, que puis-je pour vous ?

– Nous aimerions développer avec vous une synergie.

La veille, Thomas avait lu quelques lignes du *Rivage des Syrtes*. Il en était à peu près à la moitié. Le roman était en sa possession depuis qu'il avait récupéré le trésor. Dans un des cartons, il y avait ce livre, et dans un autre deux pistolets et des boîtes de balles. Il avait gardé les pistolets, s'était entraîné à tirer avec, et il avait mis le livre à son chevet, pensant que c'était un signe (en fait, c'était juste un bouquin resté par hasard au fond d'un carton quand Monré avait fait son chargement). Il le lisait par petites doses, se disant confusément que peut-être son destin avait un rapport avec celui d'Aldo et cette cité perdue, cette guerre improbable que décrivait l'auteur.

– Une synergie ? Quel genre de synergie ?

– Nous aimerions faire de Sainte-Croix-les-Vaches une commune pilote.

– Un lab. — Jeanne, toujours dans la précision.

– Un lab ?

– Nous pensons que Sainte-Croix-les-Vaches possède un gros potentiel.

– Nous aimerions tester des idées, les partager avec vous, et voir ce que cela donne à l'épreuve des faits.

– Il nous faut quelqu'un de terrain.

– Nous pouvons probablement déclencher des subventions.

– Nous avons été sensibles aussi au fait que vous connaissiez Thoreau.

– Nous croyons aux coïncidences.

– En fait, pour aller droit au but, on a besoin de relais dans la région, et clairement, c'est juste une intuition bien sûr, mais on vous sent bien.

Les loups avaient régné en maîtres...

– 4 –

Comment gouverner un royaume ? Quelle direction lui donner, dans quel but, pourquoi, avec quelles perspectives d'avenir ? En vingt-cinq ans, Thomas avait eu le temps d'y réfléchir. Cela l'avait occupé. Si une telle coïncidence, un tel coup du sort, s'était abattu sur lui, ce n'était pas un hasard. Une somme d'argent aussi considérable ne se matérialise pas en haut d'une montagne sans raison. C'était impossible. Thomas le savait, parce qu'il savait que tout avait une fonction, que tout trouvait une place. Non pas parce que la logique humaine le voulait ou essayait de mettre un sens sur le cours des choses. Mais parce que c'était une loi, naturelle et évidente. Chaque élément avait une place et un rôle au sein d'une dynamique globale. Et les existences humaines, nos existences, s'inscrivaient dans ce même flux. Sainte-Croix-les-Vaches, minuscule entité perdue, oubliée, au milieu d'un tout plus vaste, n'échappait pas à la règle. Le Trésor avait été donné non pas pour que lui le dépense, mais pour qu'il permette à Sainte-Croix de survivre, de perdurer. Et Thomas avait récupéré le trésor dans la montagne. Certes, c'est Monré qui l'avait apporté, mais si on regardait les faits, rien que les faits, c'est la Montagne qui avait accouché du Trésor. Qui l'avait gardé en son sein. Thomas avait mis un certain temps à trouver ses marques. À se familiariser avec sa fonction. À comprendre où les Mânes, ces précieux esprits des ancêtres, voulaient en venir (parce que, là encore, si l'on analysait avec objectivité, c'étaient toutes les générations de Sorlut, et celles qui les avait précédées, qui poussaient à la roue, à qui il devrait rendre un jour des comptes). Il avait fait des choix, et ces choix, il l'admettait, n'avaient pas toujours été les bons. Aujourd'hui, de nouveau, il était à un carrefour.

– Mais elles t'ont dit quoi ?

– Elles m'ont proposé une association.

– Une association ???

– Une synergie.

– C'est quoi une synergie ?

– C'est quand on est dans la même énergie.

– Quand on se mélange alors ?

– Tout de suite les grands mots. Attends, laisse-les arriver.

– Elles ont un projet. Elles veulent faire un lab à Sainte-Croix.

– Un lab ?

– C'est un laboratoire. Pour elles, Sainte-Croix, c'est comme un creuset où l'on peut faire de l'or.

– Ça on le sait déjà.

– Elles veulent faire un film.

– À Sainte-Croix ?

– Avec nous ?

– Oui.

– T'as dit quoi ?

– Que j'allais réfléchir.

C'était faux. Il n'avait pas réfléchi. Il n'avait pas pu réfléchir. C'était sorti tout seul. « Oui, pourquoi pas ? » Parce que c'était évident. Logique. Elles parlaient, elles expliquaient. Comment Sainte-Croix allait en tirer un bénéfice. Gagnant-gagnant. « Nous, on dit *win-win.* » Peut-être pensaient-elles que l'anglais était un idiome lointain dont il n'avait aucune idée. Il les regardait, elles si belles, si volubiles, souriantes, riantes, le tiroir de son bureau à demi ouvert, dedans le flingue de Monré. Un des deux flingues. L'autre était dans la maison, dans un tiroir aussi, à côté de son lit. Au cas où. Même si Sainte-Croix était un lieu inviolable, parfois il avait des craintes. Que la folie remonte jusqu'à lui, qu'il y ait un dérapage. Des connards qui viennent, des fâcheux. Depuis quelques années, c'était plus tendu en affaires avec des méchants. Un voyou qui en présente un autre. Les faux papiers d'abord, puis des services, un peu de tout. Vingt-cinq ans dans la délinquance, sans vraiment y être non plus. On ne savait jamais. Sainte-Croix n'était pas invincible, surtout avec ce qui se préparait, l'association avec les Marseillais, enfin, une partie des Marseillais, pas les Marocains. Les Noirs qui s'en foutaient des Marocains, nouvelle donne, nouvel approvisionnement. Les Marocains n'allaient pas apprécier. Il écoutait parler les deux filles. Il les avait trouvées pures, ce qui était idiot, naïf, hors de propos. Les deux filles étaient tout sauf pures, selon des critères usuels de pureté, mais il gardait cette image. Jeanne. Jeanne d'Arc. Et Sheila, télé noir et blanc, des couettes, un temps où l'on y croyait encore. Une innocence.

Ce n'était pas un hasard qu'elles arrivent maintenant. Il en était presque certain. Intuition. Juste au moment où ils allaient enfin récupérer le sperme d'Horace. Dix ans de recherche, de bataille, un miracle. Quelqu'un, un vétérinaire, avait congelé de la semence et l'avait gardée, intacte, gelée, puis l'avait vendue sans qu'ils le sachent. Le sperme avait alors été conservé, attendant, tel un mammouth pris dans les glaces, la résurrection. Horace était le dernier taureau d'une lignée de légende. Fils de Costaud et de Pimprenelle, descendant de Silence et de Farouche. Presque une race à lui tout seul. Au temps de la splendeur, il y avait des centaines et des centaines de bêtes sur le plateau. Sainte-Croix-les-Vaches. Réputation jusque dans les élevages de l'Aubrac, d'Auvergne. Son père lui avait souvent raconté la scène. Légende. La mort de l'aïeul, donnant ses dernières volontés, puis demandant qu'on le laisse, face à la fenêtre, et qu'on rassemble le troupeau dans la cour, pour rendre son dernier souffle devant le taureau.

Et puis le troupeau s'était éteint. Années cinquante, années soixante, arrivée du tracteur, plus de bœufs, début de l'extinction de la race. La ferme avait été une des dernières à s'y mettre. Pourquoi aurait-on encouragé ce truc qui coûtait de l'argent, qui tombait en panne et qui rompait avec des siècles de tradition ? Les bœufs avaient toujours été une richesse. Tout le monde venait, de partout, les betteraviers du Nord, les cultivateurs de riz de Camargue, à la foire d'automne, pour en acheter. Les bœufs de la région étaient une garantie de qualité, et ceux de Sainte-Croix étaient les meilleurs. Quel que soit le terrain, quel que soit le climat, ils remplissaient leur mission. Habitués à piétiner dans la neige, à monter sur les meules de foin en s'enfonçant jusqu'au poitrail dans la paille, à arracher les pierres avec lesquelles s'étaient bâties les maisons. Et puis le tracteur les avait remplacés. En une décennie, c'en était fini. Le début de la fin.

Et Sainte-Croix avait périclité. Le grand-père avait essayé de lutter, mais quand il s'était tué, bêtement, en tombant d'une échelle, ses deux fils, le père et l'oncle de Thomas, avaient pris les choses en main et contracté des emprunts, construit des hangars, acheté les nouvelles vaches. On avait introduit une nouvelle race, une laitière, qui donnait plus, qui consommait moins. Du moins, c'est ce que disaient les vétos. Folie, folie toujours. Et déclin. Heureusement que le sort s'en était mêlé. Sainte-Croix ne pouvait pas mourir. Sainte-Croix était protégé. Thomas le savait. Vieille croyance, mais fond de vérité. Béni des dieux, protégé par un saint. Il en était la preuve. Et les deux filles qui venaient maintenant participaient de cela. Elles venaient comme revenait le sperme d'Horace. Il ne l'aurait pas dit aussi clairement, mais c'est comme ça qu'il le sentait. Un renouveau. Le retour d'une fertilité.

– T'as dit que t'allais réfléchir, mais si tu réfléchis tu dirais quoi ?

– Je ne sais pas. C'est un film.

– Justement. Peut-être qu'on va être célèbres.

– Il ne s'agit pas de ça.

– C'est bien pour Sainte-Croix.

– Et puis elles sont jolies.

– En fait, j'ai dit oui.

– Pourquoi tu dis que tu leur as dit que t'allais réfléchir, alors ?

– Parce que je voulais avoir votre avis.

– Moi je pense que c'est bien. Ça fait des femmes. C'est une bonne chose.

– Et toi, Médée, tu dis quoi ?

– C'est trop tôt. Faut que je les observe. Là, je ne sais pas.

– Mais plutôt blanc, ou plutôt noir ?

– Elles n'ont pas l'air noires, mais des fois les choses sont pas ce qu'elles paraissent être, vous le savez comme moi.

– Oui, mais à la première impression ?

– Elles sont rusées. Ça, j'en suis certain. Vaut mieux se méfier quand même.

Les filles étaient enchantées. Les choses commençaient à se préciser. Le plan était viable. Le maire de Sainte-Croix paraissait conquis. Même s'il avait fait genre style, je reste calme, je gère, rien d'extraordinaire en somme, à ce que deux créatures parisiennes viennent tourner un film à Sainte-Croix, ça se voyait qu'il était troublé. Tellement saisi qu'il n'avait même pas demandé quel genre de film, sur quel sujet. Du coup, elles étaient restées vagues. Le film pour l'instant était à l'état d'ébauche. Il fallait préciser les termes. « Permaculture », c'était bien, mais trop technique pour ce qu'elles voulaient faire. Il fallait un projet, un nom qui s'en inspire, mais plus grand public. Qu'on comprenne qu'elles étaient en train d'inventer, dans une prospective qui allait encore plus loin qu'En Avant !. Un truc à la fois novateur, à la fois… on partait de la terre, de quelque chose qui ne mentait pas, qui ne pouvait pas mentir, à la fois évident, naturel, universel. Il fallait rassurer les gens. Les gens avaient peur. C'était trop fou, on était allé trop loin. C'était l'analyse de Jeanne, et Sheila était d'accord avec elle. Trop de voitures, trop de bitume, trop de mensonges, trop vite. Derrière la certitude, il y avait une angoisse. Revenir aux fondamentaux. Les évoquer en permanence. S'appuyer dessus. Le maire allait être parfait. L'air un peu con, mais en même temps carrément télégénique. Pas moche, en plus. Un peu ahuri. Mais ça, les gens adoraient. Jocelyne de Limoges en raffolait. Ça faisait comme un miroir. Ne jamais être clivant. Au contraire, rassembler, fédérer, rassurer. « Moi qui ai comme vous un peu une tête de crétin, je vous l'affirme, les deux filles à mes côtés font un travail formidable, à la croisée des chemins, elles réussissent l'impossible, vous faire gober que votre vie, nos vies, vont être formidables demain. » Signé la mère Denis de Sainte-Croix-les-Vaches.

– Rien que le nom, tu te rends compte, Sainte-Croix-les-Vaches !

– On n'aurait pas réussi à l'inventer.
– On devrait peut-être le déposer ?
– T'as raison, on va faire un dépôt INPI, même si ça nous coûte quelques centaines d'euros, ça vaut le coup.
– Ça peut faire le titre du film.
– Carrément !
Pour Thomas, le grand rendez-vous avec les Marseillais se confirma le lendemain. Par contre, aucune nouvelle du sperme d'Horace. L'avocat ne répondait plus au téléphone. Thomas était tout près de péter un câble. Le sperme était la propriété d'un Écossais, qui les rendait fous depuis des mois. C'était leur calvaire. Leur mission. L'Écossais était un excentrique, richissime, qui avait eu l'intuition de la valeur du patrimoine génétique, des races, des variétés. Il s'était mis à récupérer des semences, des graines, bien avant que cela soit un réflexe pour les organismes publics. Il avait écumé les coopératives d'éleveurs, les cabinets de vétérinaires, les labos. Le sperme d'Horace faisait partie d'un lot. Ils étaient tombés dessus à force de recherche, essayant de trouver des descendants, passant des annonces. On avait fini par leur parler de ce type.
– Il a un peu de tout, mais pas mal de races françaises.
L'Écossais avait du sperme d'Horace. C'était si inattendu, si incroyablement miraculeux, qu'ils commirent une connerie. Ils abattirent leurs cartes sans méfiance. L'Écossais comprit à quel point c'était important, s'en amusa, fit monter les prix, les reçut

même en personne, dans son château, au bord d'un loch, peinture parfaite, eux venant de leur montagne, encore rupestres, et lui, noble, hautain, jouant avec eux comme un chat avec une souris. Les deux parties sachant l'une comme l'autre de quoi l'on parlait. Le sperme d'Horace n'était pas que quelques spermatozoïdes pouvant servir à créer un gagnant de foire agricole, il était beaucoup, beaucoup plus que ça. Il était le totem. Il était un frère, un enfant et un ami. Il faisait partie de la tribu. Il était la tribu. Il était la famille et les ancêtres, et c'est lui qui tirait la charrue. L'Écossais le savait, car l'Écossais comprenait cela. Et Thomas, alors, fit une deuxième connerie. Pour couper court à la négociation, parce qu'il en avait assez, il proposa cinq cent mille livres. C'était énorme. Hors de propos par rapport à l'enjeu. L'Écossais leur fit répondre au bout de plusieurs semaines qu'il allait réfléchir. Depuis c'était la guerre des nerfs. Thomas partit donc au rendez-vous avec les Marseillais avec une boule au ventre, rempli d'envies de meurtre. Il avait étudié toutes les possibilités, y compris les plus extrêmes.

À force de fréquenter les voyous, il en était devenu un. Ce qui différenciait un véritable truand d'une personne lambda était sa capacité à se lever froidement et à poser le canon d'un pistolet sur la tête de quelqu'un, en pouvant appuyer sur la détente si nécessaire. Très peu de gens pouvaient faire cela aujourd'hui. Trop civilisés. Thomas n'aurait peut-être pas été capable de tuer quelqu'un, mais il pouvait faire peur, et faisait fi des lois. Il n'avait pas vraiment de limites. Les choses avaient basculé définitivement à la mort du père et à l'irruption de Monré. La société s'était foutue de sa gueule, n'avait aucune pitié. Il avait la possibilité de gérer son destin, de préserver et de faire fructifier le Royaume. Pourquoi s'en priverait-il ? Aucune raison. Il avait engagé un détective privé, à Londres, pour ausculter l'Écossais. Voir s'il y avait une ouverture, où était le sperme. Et le vieux, ne pouvait-on pas l'enlever, lui, le rançonner ? Le détective – qui avait coûté une fortune – avait remis un rapport sans ambiguïté. Il avait été jusqu'à se faire passer pour un acheteur, avait rencontré le pingre. Pas possible, tout simplement. Le vieux avait des gardes armés, il habitait dans un château fortifié, perdu dans la lande. À moins de disposer d'un commando, cela paraissait difficile. Quant au sperme, il était dans une banque spécialisée, fortifiée elle aussi. Autant attaquer Fort Knox. Il n'y avait donc pas le choix. Ils allaient devoir payer, le prix fort. Sinon fin de partie. Pas de résurrection de la lignée. Pas de nouvel Horace. Il fallait donc de l'argent.

Ce n'était pas tout. Un autre péril menaçait la quiétude. À croire que les ennuis volaient en escadrille. À l'extrémité du Royaume passait l'autoroute, en surplomb, traversant une partie des montagnes, venant d'Auvergne, filant vers le sud. Personne n'aurait pu supposer qu'en contrebas, dans les taillis et les bois, se trouvait le dernier territoire indépendant de France, royaume lui-même pour l'instant préservé

– comme il n'y avait pas de route, il n'y avait pas de sortie d'autoroute, donc cette manifestation de la civilisation, qui avait fait craindre le pire au moment de sa construction, s'était révélée plutôt bénéfique, écartant les fâcheux. Le territoire était sous le nez de tout le monde, mais restait inviolé.

Le hic, c'est qu'il y avait un projet. Un projet fou, qui, tel le serpent de mer, revenait à intervalles réguliers. Une nouvelle route qui aurait relié le centre du département avec l'autre partie du pays, en direction de la vallée du Rhône. Le projet était coûteux et, à chaque fois qu'il en avait été question, il avait toujours été abandonné. Trop compliqué, les collectivités n'avaient pas d'argent, aucun budget pour une infrastructure qui aurait traversé un désert, pas vraiment de nécessité. Mais un nouveau paramètre risquait de changer la donne. Il était question que Lactalis ferme une usine, rapatrie tout sur un seul site, justement de l'autre côté, versant vallée du Rhône. L'ennui, c'est que les camions qui collectaient le lait dans les coopératives allaient devoir effectuer un périple quotidien qui affectait la rentabilité de l'opération. Ce qui changeait tout. Dès que l'on touchait à la rentabilité, la machine se mettait en branle. Thomas voyait venir ça gros comme une maison. La route ferait gagner aux camions qui collectaient le lait – pour l'instant obligés à un détour d'une heure et demie pour l'aller, la même chose au retour – un temps précieux. Lactalis allait pousser à la roue, fédérer d'autres industriels. Et ils auraient gain de cause, c'était certain. Thomas avait donc anticipé. Pas question de se laisser envahir. Il avait sortit un lapin de son chapeau. Présenté un projet de réserve… pour les loups.

Les loups étaient un vrai problème, comme l'ours. Le genre de sujet qui laissait Thomas pantois. Réintroduire les loups, mais pourquoi pas les dinosaures ??? Les loups avaient toujours été une menace dans la région. La Bête du Gévaudan. Et maintenant les loups revenaient. On les faisait revenir. Dossier sensible. Tout le monde savait que c'était une connerie de les avoir réintroduits, mais la connerie était faite. Impossible de revenir en arrière. Le sujet mobilisait un cartel d'excités, largement relayés par les médias. Il allait falloir gérer en douceur, les politiques le savaient. Les éleveurs avaient déjà des troupeaux décimés, c'était une catastrophe. Thomas allait proposait une réserve, vers laquelle on pousserait les loups, lui ensuite les gérerait. Cela pouvait arranger tout le monde. Il y avait bien une réserve de bisons d'Europe pas très loin. Thomas savait qu'il pouvait compter des alliés chez les élus. La région ne verrait pas d'un bon œil la fermeture de l'usine, qui allait supprimer des emplois. Même si Lactalis faisait la pluie et le beau temps, il y aurait matière à débat s'il jouait bien ses cartes. Sainte-Croix allait créer une société d'économie mixte et se proposer de racheter le terrain. La région avait besoin d'argent. C'était jouable. Il avait préparé son argumentaire. Il savait ce qu'on allait lui opposer. Que les loups ne resteraient pas. Qu'ils allaient se barrer. Un loup était capable de parcourir une quantité effarante de kilomètres, juste pour le plaisir d'aller croquer des brebis. Et au final provoquer colère et dégâts chez les éleveurs. Thomas avait réponse à tout. Pour monter sur Causses, il fallait emprunter un étroit défilé. Rien de plus simple que d'en maîtriser l'accès. Et à l'autre bout, c'était des falaises à l'aplomb. Les loups, tout loups qu'ils étaient, n'allaient pas sauter en parachute. Quant au financement, Thomas avait inventé un investisseur partenaire, étranger, des Chinois, amoureux du terroir, avec qui Sainte-Croix s'associait. Mais il fallait du cash. Une somme qui ne prête pas à confusion. Même en raclant les fonds de tiroirs, en tapant dans le Trésor, cela ne suffirait pas.

Au début de ses activités délictueuses, Thomas, en plus des faux papiers, et d'un peu de fausse monnaie, avait versé dans le trafic de produits interdits. Par ses connexions, il pouvait avoir ce qu'il voulait. Beaucoup de molécules accessibles en Espagne, ou aux Pays-Bas. Il avait inondé le marché. Certains médicaments, ou pesticides, étaient interdits, mais il était facile d'utiliser une formule un poil différente. De badigeonner fruits et légumes de chimie. D'utiliser des semences pas tout à fait blacklistées. De contourner habilement les règles. Tant qu'il n'y avait pas de scandales, de journalistes qui venaient mettre leur nez dedans, tout allait bien. Dans le cas contraire, cela donnait le Fipronil, ou une affaire du même genre. Tout le monde était plus ou moins au courant, mais l'hypocrisie était la règle. On savait bien que les fruits et les légumes, les œufs et le lait, les céréales et le vin, ne pouvaient pas être produits à grande échelle et arriver rutilants sur les étals juste par l'opération du Saint-Esprit. C'est à ce moment-là, quand il « dealait » des pesticides, que Thomas était tombé malade. Médée l'avait pourtant prévenu, depuis quelque temps, il y avait du noir sur lui, moins de brillance. La fièvre avait fini par venir, et il avait réalisé que quelque chose n'allait pas.

– T'es dans la rancune.

– Tu crois ?

– Comme l'industrie a tué ton père, tu penses que tu dois empoisonner le monde en retour.

– C'est pas que ça.

– Non, mais un peu. Tu crois que t'as le droit de le faire, parce qu'on te l'a fait.

– …

– La haine, c'est jamais bon. Même si ça te coûte, faut pardonner.

– On gagne beaucoup, avec les produits.

– On peut faire autre chose. Sinon, on aura le retour de bâton. C'est forcé. C'est déjà le cas, poison qui flotte dans l'esprit rend le corps malade. Tout le monde sait cela.

La nuit qui suivit cette discussion, Poupoune était venue le voir en rêve. Elle ne disait rien. Elle était en train de manger. Elle regardait son assiette. La corbeille de fruits. Pas un mot. Pas besoin. Il avait compris. Il avait arrêté le trafic de produits interdits.

De se remémorer cela lui fit penser à Benoît. Son cousin était un poids, qu'il occultait, qu'il avait refoulé dans les grottes sombres où les souvenirs douloureux se terrent lorsqu'on ne sait quelle solution y apporter (la même grotte, peut-être, que celle où Monré avait entreposé le Trésor). Mais il avait beau se forcer à considérer cette brouille fratricide comme un impondérable du destin, cette ombre, contrairement à l'influx funeste des pesticides, ne s'était pas estompée. Dès le début, tout avait coincé. Que Thomas rembourse la banque, avec cet argent sorti de nulle part. Qu'il prenne la direction des opérations. Ils avaient cessé d'être les frères qu'ils avaient toujours été. À moins que cela n'ait commencé quand Thomas était parti à Lyon. Comme si Benoît était resté scotché dans sa brousse pendant que Thomas partait découvrir le monde. Thomas était attaché plus que tout à ses Causses, à sa montagne, mais il savait ce qu'il y avait au-dehors. Il connaissait la folie. Les feux rouges, les embouteillages, le bitume qui recouvrait la terre, et les silhouettes à l'allure de zombies qui partaient au boulot comme des esclaves ou des robots. Son cerveau avait été stimulé au bon moment par les enseignes des magasins, le glissement du tramway et le concert des klaxons. Celui de Benoît, qui au départ devait être un peu moins finaud, était resté en mode ralenti. Le fossé s'était creusé. La jalousie avait fait le reste. C'était Thomas l'aîné. Cela avait toujours été comme ça. Pour les deux pères, c'était évident que c'est Thomas qui deviendrait maire. Qui garantirait la cohésion du troupeau. Benoît était la doublure, en un poil moins réussi. Ensuite, il y avait eu les activités délictueuses. Thomas ne savait pas trop sur quel pied danser, Benoît était-il partant ? Était-il contre ? Il ne le mettait jamais vraiment au courant. Il éludait en disant qu'il faisait un peu de bizness avec ses amis de Lyon – son cousin savait que c'étaient des voyous. Le pauvre Benoît était obligé de tirer les vers du nez à Justin. Si, lui aussi finalement voulait bien faire le bandit. Car il voyait que de l'argent rentrait, pendant que lui s'endettait. Mais quand Thomas le mettait sur une affaire, ça tournait toujours en eau de boudin. Sa part n'était jamais assez importante. Et pourquoi partageait-on avec André sur les pesticides, alors que sur cette partie l'imprimeur ne faisait rien ? Et pourquoi ne vendait-on pas plus cher les services aux Lyonnais ? Bref, un vrai casse-tête. Il se demandait souvent ce que Poupoune en pensait. En rêve, elle ne lui en parlait jamais. Elle devait être catastrophée. Mais elle devait savoir aussi que Thomas n'y était pour rien. Que le cœur de Benoît s'était aigri et que, pour ça, même Médée n'avait pas de solution.

Il revint à son problème du moment. Produire des tonnes de cannabis allait-il lui salir l'âme, comme cela avait été le cas avec les pesticides ? Non. L'entreprise avec les Marseillais était de nature différente. Il était question de beuh. De la beuh bio. Une beuh de très bonne qualité. Cultivée proprement. Pas de culture hydro. Pas d'engrais sales. Les cités, le peuple, aussi avaient droit à la qualité. Pas qu'à de la merde. C'est les Lyonnais qui l'avaient mis en contact avec les Marseillais. On parlait de cinq tonnes. La vente d'une année sur les trente-cinq points de vente que contrôlaient les Noirs. Gorillaz et ses cousins. Le nouveau caïd. Il avait envoyé paître les Marocains, qui jusque-là fournissaient la marchandise. Thomas, lui, sortait la tonne à deux mille euros le kilo. Il était revendu à cinq aux demi-grossistes des points de vente. À dix euros le gramme, voire plus, au client de détail. Très peu d'intermédiaires. Cinq tonnes à deux mille balles le kilo, cela faisait dix millions. De quoi s'asseoir à la table des négociations. Ce n'était pas énorme, mais la région ne cracherait pas dessus. En se garant avant d'arriver au rendez-vous, son téléphone sonna, c'était André.

– Elles sont revenues.

– Ah bon ?

– Comme t'étais pas là, elles ont sympathisé avec la Chouette.

– Avec la Chouette ? Comment elles ont fait ?

– Je sais pas.

– Elles se sont dit quoi ?

– Elles veulent habiter Sainte-Croix.

– …

– La Chouette leur a proposé le presbytère.

– …

– Je dis quoi ?

Il y eut un moment de silence. Ces deux filles étaient un atout précieux. Il allait avoir la députée dans sa manche. Cela allait être du gâteau.

– Dis que je suis d'accord. Le presbytère, c'est une bonne idée.

Elles allaient lui porter chance.

CAR C'ÉTAIT UN PAYS SAUVAGE…

– 5 –

Le rendez-vous avec les Marseillais eut lieu dans une banlieue d'Aix. Thomas dut emprunter un passage souterrain, puis monter dans un camping-car qui le cueillit au vol. Discussion en roulant, sur l'autoroute entre Aix et Avignon, en toute sécurité. Pas de caméras, pas de micros. Ambiance de série télé française, pas géniale, *cheap*. Tableau décalé, vaguement grotesque, saugrenu. Gorillaz est là en personne. On a parlé plusieurs fois de lui dans les journaux. Cela le rend fier, en même temps c'est contre-productif, les condés l'ont dans le collimateur. Mais Gorillaz a l'air confiant. « Ce n'est pas pour ça qu'ils vont réussir à me sauter demain. »

L'opération est confirmée. La première tonne devra être livrée fin juillet, à la première floraison. Thomas a espacé les plantations, pour que les récoltes soient en léger décalage. Autofloraisons automatiques, que des plants femelles, un lot braqué en Espagne. Des sacs et des sacs de graines. Justin et lui ont fait main basse sur la totalité du stock, un travail en douceur. De quoi planter pour cette année et la suivante. Pour la suite Thomas avait un ingénieur agronome qui pourrait re-fabriquer de la semence.

– Parce que tu comprends, en face, les Marocains ont mis la gomme sur la qualité, avec la concurrence, plus personne ne fait du mauvais shit, ou alors ça ne se vend pas.

– La qualité sera constante. Et entièrement bio, c'est ce qui fera la différence.

– Bio vraiment ?

– Bio, oui. On peut même faire un certificat.

– C'est une bonne idée, le certificat. Tu sais qui peut le faire ?

– On va s'en occuper. L'imprimerie, ça nous connaît.

– C'est cool.

– On pourrait aussi mettre des étiquettes AB sur les emballages.

– Tu veux faire des emballages spéciaux ?

– Oui. Tu te différencies des Marocains. Aujourd'hui tout le monde fait du bio. Même la grande distribution.

– Je voulais faire plusieurs offres. Premier choix. Deuxième choix. Sur le premier choix je gagne plus.

– C'est ce qu'il faut faire. Les têtes du haut dans des petits pots de verre, en premium. Ça peut marcher du feu de Dieu.

– T'es comme moi, t'as plein d'idées, t'es malin.

– Toi aussi, avec tes cartes de fidélité.

Les cartes de fidélité avaient défrayé la chronique. On en avait parlé à la télé. « Marketing cannabis !

Les dealers ne reculent devant rien pour attirer la clientèle ! »

– Oui, ils en ont parlé dans la presse. On a fait ça sur le modèle des cartes de livraison de pizzas. Ça a fait un gros buzz. Du coup, tous les clients en voulaient une. On n'en avait pas assez.

– Comment on fait pour le paiement ?

– La moitié à la livraison. La moitié à trente jours.

– Je préférerais que tu consignes la somme avec mon ami de Lyon.

– Pour la totalité ?

– Non, pour la première livraison.

– T'as peur que je te braque ?

– On n'est jamais trop prudent.

– Dans ce cas, ton ami lyonnais, il peut te marronner aussi. Peut-être qu'il te marronne, ou qu'il me marronne moi, si je lui donne un million. On ferait quoi ?

– Non. C'est mon ami.

– Eux aussi, tu vas leur vendre ?

– Oui, mais pas autant. À Lyon, ils ne sont pas organisés comme vous.

L'ambiance est détendue. Thomas se demande si Gorillaz va faire le poids. À terme, le Noir veut contrôler tous les points de vente. Il ne peut s'empêcher de poser la question.

– Et avec les Marocains, ça ne va pas mettre le feu aux poudres ?

– Tout le monde me prend la tête avec les Marocains. Mais ils n'ont qu'à trouver d'autres débouchés, putain. Marseille, on n'a pas d'accord exclusif avec eux. De toute façon, je vais continuer à leur prendre aussi. Je veux que tous les points de vente aient de ta beuh bio, et du bon shit. Tu ne pourrais pas en faire du shit, toi ?

– Je ne sais pas. Il faudrait que je me renseigne.

– Bon, de toute façon, on verra. La prochaine fois, je t'inviterai à manger le mafé à la maison.

C'était la troisième fois au moins que Gorillaz le lui proposait. Venir manger le mafé à la maison devait être le signe d'un rapprochement, une formule de politesse. Gorillaz avait-il des amis ? Peut-être. Il avait l'accent de Marseille. Comme Raimu ou Fernandel. La première fois, Thomas avait été chez lui, enfin, dans son fief, dans la cité où il était né, juste à côté de la cité où était né Zidane. Mais Zidane, lui, était parti, il était devenu champion du monde, avant de mettre un coup de boule à son adversaire devant les yeux ébahis de millions de téléspectateurs. Gorillaz était originaire du Cap-Vert, mais sa mère était sénégalaise. Il avait pris la main sur le trafic depuis quelques années. C'est lui qui avait eu l'idée de court-circuiter les Marocains, qui avait demandé aux Lyonnais s'ils ne connaissaient pas un producteur local… Ils relaissèrent Thomas au parking. Le chouf qui les escortait à scooter confirma que personne ne les avait suivis.

– Alors, ça y est ? Tu fais affaire avec le négro ? s'enquit le fantôme du vieux bandit.

– Il s'agit de dix millions, Monré. Et puis, je ne vois pas en quoi le fait qu'il soit noir soit gênant.

– T'as raison. L'argent n'a pas de couleur. Sauf qu'ils l'ont tous dans le nez.

– Il a l'air de bien mener sa barque.

– On parle de lui dans le journal ! Ils ont fait un sujet à la télé ! Le nouveau caïd de Marseille est un bamboula ! Tu crois que ça peut durer ?

– Au moins une saison. S'il écoule les cinq tonnes, on a déjà de quoi faire une proposition concrète à la région.

– C'est si urgent que ça ?

– Lactalis va prendre une décision dans les mois qui viennent. Il faut que notre dossier soit déjà dans les tuyaux. Ça peut leur couper l'herbe sous le pied. S'ils construisent la route, c'est la fin de Sainte-Croix.

– T'as peut-être raison, mais souviens-toi de ce que je te dis. Un voyou qui passe à la télé, c'est un voyou déjà au placard. Et un bamboula ne peut pas contrôler Marseille. Génétiquement, ce n'est pas possible.

Thomas rentra à Sainte-Croix par les petites routes, changeant de voiture deux fois. Voiture de loc', puis bus, puis voiture garée en base arrière, selon le principe des sas, comme on voyait dans les séries d'espionnage. Parfois il prenait l'hélicoptère – il en avait un, à l'abri dans un des hangars, acheté à une vente aux enchères de l'armée –, mais il aimait bien la voiture. Cela lui faisait voir des lumières, du bruit, des routes, d'autres voitures. Il percevait ça comme un film, une impression qui le pénétrait. La berline glissant sur l'autoroute. La radio à fond. Il aimait bien le rock, des trucs qui pulsent, et le paysage qui devient une chose plate et filante, qu'on voit du coin de l'œil. Il adorait rentrer au Royaume après ces excursions. Il ne comprenait pas le monde, mais le tolérait. Cela l'intriguait. Le maintenait en éveil. Il savait que c'était son but, le rébus à résoudre. Sainte-Croix devait survivre, mais au-delà des frontières un monde existait, fondé sur la médiocrité, l'incompréhension, la bêtise, les soubresauts d'un dieu fou.

Sainte-Croix était différent. Sainte-Croix était une enclave et devait le rester. C'était comme ça. Il avait été missionné. Mais il n'était pas indifférent au monde. Depuis le temps, entre Lyon et Marseille, il avait quelques amis. Que des voyous. Ou des sœurs ou des proches de voyous. Après l'entrevue avec Gorillaz, il avait failli s'arrêter à Avignon. Il avait une petite amie là-bas. Rien de sérieux. Il n'aurait pas pu l'emmener dans le Royaume. Elle n'y aurait pas eu sa place. Malika. Il y avait pensé, mais ça n'aurait pas collé. Trop différents. Elle n'aurait pas compris les pierres, les nuages, l'importance d'Horace. Trop de présence de la Ville. Quand il arrive à Sainte-Croix, il fait nuit. Il y a de la lumière aux fenêtres du presbytère. Justin l'attendait chez Bello.

– Elles ont tout sorti, les matelas et les meubles, elles ont fait un ménage là-dedans, s'il reste un grain de poussière, ce ne sera pas de leur faute.

– T'as discuté avec elles ?

– Pourquoi, t'es jaloux ?

– Ce n'est pas la question. C'est pour savoir.

– Elles voulaient un coup de main pour tirer les buffets dehors.

– Pourquoi elles ont eu besoin de sortir les buffets ?

– Pour les passer à l'encaustique. La Chouette leur en a donné.

– Depuis quand la Chouette fait-elle amie avec des inconnues ?

– Elle leur parle.

– C'est bon signe. Médée dit quoi ? Noir ou blanc, alors ?

– Je crois qu'il sait pas. C'est trop tôt.

– J'ai besoin de savoir. Si je commence à lui parler de la réserve, alors qu'elle marche avec Lactalis, ou d'autres salopards, ça n'ira pas.

– Il faudrait que Médée la « carte ».

Mais « carter » quelqu'un comme ça, au débotté, n'était pas si facile. Cela demandait une préparation. Médée le confirma.

– Ce n'est pas pareil que si je « carte » pour un événement ou un projet. Là c'est quelqu'un, et c'est en rapport avec Sainte-Croix.

– Qu'est-ce qu'il te faut ?

– Faut que je me prépare.

– Ça va prendre combien de temps ?

– On peut le faire à la lune nouvelle. C'est dans deux semaines.

– T'as besoin de quoi ?

– D'un échantillon de leurs menstrues.

– C'est tout ?

– Oui. Et de leurs dates de naissance.

La Chouette fut missionnée pour récupérer des tampons usagés. Restait à savoir si elles auraient leurs règles avant. Thomas, qui était curieux, se renseigna sur la procédure.

– Ça te sert à quoi, d'avoir de leur sang de femmes ?

– C'est le résidu de l'œuf. L'œuf, c'est le devenir. Ce qu'elles fomentent pour leur futur, ce qu'elles ont en tête, leurs envies, c'est enregistré dans l'œuf. Si je mélange avec les cartes, je peux les voir.

Il n'y avait toujours pas de nouvelles de l'Écossais. Thomas fut tenté de demander à Médée de regarder plutôt de ce côté-là, mais il ne le fit pas. L'Écossais finirait par accepter une proposition. Il essayait juste de les pressurer au maximum. Thomas, l'ayant compris, restait ferme sur ses positions. Huit cent cinquante mille livres, c'était déjà énorme, extravagant pour du sperme que l'Écossais avait dû payer quelques euros. Si tant est qu'il l'ait payé. Au moment où il avait fait ses razzias sur les semences et les banques de sperme, cela ne valait rien.

Il se concentra donc sur les deux filles, qui effectivement établirent leurs quartiers à Sainte-Croix. Elles partaient le matin écumer la circonscription. Pour elles, c'était comme un conte de fées. L'entrée de plain-pied dans un monde dont l'existence leur avait échappé jusque-là. Le même que ceux qu'elles découvraient, pré-ados, dans les romans pour la jeunesse, où l'aventure, dès les premières pages, venait frapper à la porte de l'héroïne. Ce qui ne leur était jamais arrivé, en vrai. Et là si ! Et d'une façon incroyable. Tout était sidérant. Des montées d'adrénaline telles qu'elles n'étaient jamais fatiguées, jamais lasses. À Paris, elles éprouvaient constamment non seulement de la fatigue, mais la vacuité de leur existence. Elles étaient donc à fond, émerveillées, surprises, mortes de rire aussi, que cela leur arrive à elles.

– J'hallucine, meuf !

– Tu m'étonnes. C'est comme un film, sauf qu'on joue dedans !

Elles passaient leur temps à imaginer la suite, s'amusant à se projeter sur l'échiquier, et pour l'instant cela marchait. Il ne s'agissait pas, Jean-Pierre l'avait expliqué à Sheila, de concevoir des plans comme l'auraient fait un scénariste ou un romancier. Bien entendu, en politique, il y avait des stratégies, des alliances, des « coups », mais ce qui était important si l'on voulait aller sur le devant de l'estrade (ce qui n'était pas obligé, lui, Jean-Pierre, était toujours resté en peu en deçà), c'était de se créer une image cohérente. Par petites touches, comme un tableau impressionniste. Appuyer sur le pinceau, point après point. Cela finissait par dessiner quelque chose. Un visage. À base de bullshit, mais un visage quand même. À moins d'habiter à Sainte-Croix-les-Vaches, tout le monde y était sensible.

C'est le nuage additionné de petites phrases, de déclarations, de mises en scène répétées (des choses simples, qui posaient une personne, la tête de veau de Chirac au petit déjeuner), qui faisait qu'on disait : « Ah, oui, Truc, c'est vrai, il a l'air cool, en fait ! » C'est ce qui produisait la différence. Garantissait la longévité. Ce à quoi il fallait arriver. C'était l'objectif. Surgir dans la lumière, en se montrant sous son meilleur profil. Aucune importance si ce meilleur jour était une pure fiction. Au contraire. Dans le Bullshit World, la fiction était une réalité. Du coup, elles n'arrêtaient pas. Jeanne imaginait des « éléments de langage » (elles étaient pliées), des mises en situation dont on pourrait extraire une saynète, un truc qui reste sur Internet, qui fasse le zapping.

Sheila, dès qu'elle était livrée à elle-même, sous la douche, aux toilettes, quand elle s'endormait, déclamait des discours, répondait à des interviews imaginaires. Toute leur énergie était consacrée à cela. Trouver un moyen d'exister. De peaufiner le bullshit qui ferait mouche. Elles rendaient visite à tous ceux qui comptaient, les rencontraient un par un. Les responsables syndicaux. Le boss de la laiterie. Le représentant des restaurateurs. La communauté de communes. Le syndicat de région. Les instances du département. À tous, elles souriaient. L'avantage avec En Avant !, c'est qu'elles pouvaient aller voir tout le monde.

– Nous, les partis, on s'en fiche complètement. C'est VOS idées, si elles sont intéressantes, qui nous intéressent.

Oui, TES idées ! À Toi que les huiles ont toujours regardé de loin comme une crotte insignifiante. Nous, jeunes et jolies, branchées et désinvoltes, nous vous considérons autrement. Parce que vous le méritez. Parce qu'en fait nous sommes comme vous. C'est encore Jean-Pierre qui le lui avait expliqué, la démocratie était une supercherie. Dans les faits, les décisions étaient prises à l'insu du peuple, en coordination avec des représentants des organisations, professionnelles, syndicales, patronales. Autant dire par très peu de personnes. La majorité, le peuple, les « gens », avaient autre chose à faire. Si l'on savait se faufiler, sans trop d'ostentation, on pouvait entrer dans la ronde (et passer au buffet chercher les petits-fours). Ni vu, ni connu. Il fallait juste localiser les leviers et savoir les actionner. En lui racontant ça, Jean-Pierre n'était pas peu fier de préciser qu'il était dans le bullshit depuis presque trente ans, sans avoir eu, de son point de vue, une seule idée intéressante pour faire progresser le monde. Dans la foulée, il en rajoutait, s'amusait à forcer le cynisme, se foutait de la gueule des militants de base.

– Qui, à ton avis, peut aller perdre ses dimanches matin sur les marchés à distribuer des tracts, à part un débile moyen ?

Sheila était obligée d'en convenir. Il fallait effectivement être un peu con. Fortes de ce constat, elles avaient rameuté du monde, s'apercevant, comme des myriades de gourous, de prophètes, de politiques, d'êtres charismatiques avant elles, que les foules avaient besoin du bullshit, qu'elles étaient bien une FOULE SENTIMENTALE (avec soif d'idéal), et que si on appuyait sur le bon bouton, on pouvait vite fédérer quelques bataillons. Et dans leur cas, c'était encore une sacrée surprise de voir qu'on les croyait, qu'on les écoutait, qu'on les suivait.

– Est-ce que l'on pourrait se permettre de vous inviter à l'apéritif, monsieur le maire ?

– Mais avec grand plaisir.

Thomas ne savait pas trop sur quel pied danser. Ni quelle attitude avoir. C'était une chose d'être le roi d'un domaine peuplé de quelques âmes, de régner sur une cour composée de trois acolytes et d'une secrétaire de mairie bipolaire, de faire des affaires avec des truands. C'en était une autre de se retrouver avec deux créatures parisiennes qui semblaient n'avoir que peu de considération pour son statut de souverain. Qui semblaient même enclines à se gausser légèrement de lui, à jouer avec ses nerfs.

– Je vois que vous avez trouvé vos marques.

– On a juste fait un peu de ménage.

– C'est plus que sympa de nous avoir permis d'investir ce lieu…

– Extraordinaire…

– Magique, on est…

– … comme des princesses.

– Martine est tellement sympa.

– Martine ?

Thomas ne se souvenait pas que la Chouette s'appelait Martine. Cela lui parut décalé. Comme si de la nommer ainsi l'attirait vers une zone où elle aurait pu être en danger, ou plutôt devenir un danger, mais cette impression s'estompa, parce que les filles étaient belles, charmantes, qu'elles riaient, alors il riait aussi, elles voulaient le tutoyer. Il disait oui, bien sûr. Et c'était du Sheila par-ci, du Jeanne par-là. Elles lui posaient des questions, sur sa vie, sur Sainte-Croix, son histoire, comme si elles s'y intéressaient vraiment, et elles lui remplissaient son verre. « Martine nous a dit que vous buviez toujours un verre de vin avec un clou de girofle, mais on n'en a pas trouvé. On a fait de la sangria. » Pourquoi la Chouette leur avait-elle raconté cela ? La tête lui tournait. Cela devait être les filles. Leur parfum. Il était question du film.

– On pense l'appeler *Sainte-Croix-les-Vaches.*

– Comme le village ?

– Symboliquement, cela a une portée.

– Sainte-Croix, ça évoque les racines de notre culture.

– Et les vaches…

– C'est les vaches !

– Vous, enfin, tu… aimes les vaches ?

– Oui, ici, les vaches, c'est important, répondait Thomas, envoûté.

– Le taureau aussi, non ?

Est-ce que la Chouette aurait parlé d'Horace ? Non, c'était impossible.

– Vous, tu… connais le taureau de Laguiole ?

– Bien sûr.

– Parce que Jeanne se demandait si vous étiez déjà sorti de Sainte-Croix ?

– Tu, Sheila ! On a dit qu'on se tutoyait !

– J'ai l'air d'un homme des cavernes ?

– C'était pour blaguer.

– On sait bien que vous êtes raffiné et cultivé. Vous avez lu *Walden ou la Vie sauvage.*

– C'est *la vie dans les bois*, pas la vie sauvage.

– Tu lis quoi en ce moment ?

– *Le Rivage des Syrtes.*

– *Le Rivage des Syrtes* ????

Cela conclut la soirée sur une note d'interrogation qui déstabilisait les filles. Ils parlèrent aussi de choses et d'autres. Les filles commencèrent à planter des jalons pour le documentaire et pour toutes les opérations qu'elles envisageaient. Elles le firent en douceur, discrètement, pour ne pas l'effaroucher, et lui ne les vit pas venir. Il ne comprenait pas très bien ce qu'elles avaient en tête. De son côté, il entreprit de tâter le terrain à propos de la réserve des loups. Il le fit aussi discrètement, en douceur, pour qu'elles ne s'effarouchent pas non plus. Ils se quittèrent donc sur une aggravation du malentendu. Elles, persuadées qu'il était plus intellectuel qu'il n'aurait dû (*Le Rivage des Syrtes* de Gracq ! sidérant !!!), et lui, conquis par leur humour, par leur joie de vivre, par leur enthousiasme. C'était un plaisir de les avoir à Sainte-Croix. Ça lui rappelait quand le forain avec son manège venait, une fois par an, quand il était petit, quand la fête du village avait encore lieu. Thomas était tellement sous le charme qu'il se dit même que c'était idiot de les « carter », d'être si méfiant. Il faillit dire à Médée de laisser tomber, mais c'était trop tard. L'opération était lancée et il était compliqué de l'arrêter.

– Je me suis purifié et j'ai demandé les autorisations. Si je ne vais pas au bout, les forces ne comprendront pas. Elles penseront que je suis un rigolo et, la prochaine fois, elles ne m'écouteront pas.

La purification consistait en un jeûne d'une semaine, pendant lequel Médée ne buvait que de l'eau de la montagne, en allant la chercher à la première source, là où on était sûr qu'aucun animal ne l'avait souillée, qu'aucune charogne ne l'avait polluée, de façon à avoir l'esprit clair. Pour les autorisations, un jeune bouc avait été sacrifié, pour que le diable permette qu'on regarde la part d'ombre des filles, et une messe avait été dite, pour les mêmes raisons, mais du côté lumineux. Il n'y avait pas eu de retours négatifs. Quand il y avait une impossibilité, on le voyait vite, à des signes, des petits accidents, des choses qui se cassaient sans raison. Là, c'était OK. Il pouvait les « carter ». Médée but donc la mixture, un mélange dans lequel avaient trempé quelques psilos, une feuille de datura et les tampons récupérés par la Chouette. Ensuite il attendit, attentif aux mots qui lui venaient, aux images qu'il avait, et il tira les cartes. Le résultat fut sans appel. Médée le communiqua à Thomas d'abord, et à Justin et André ensuite. Ce que voulait Sheila, et Jeanne aussi, c'était le pouvoir.

– Son but, c'est qu'elle veut devenir reine !

Que les habitants avaient déserté...

– 6 –

Quand Thomas y pensait, ses idées s'emballaient, et quand il la voyait, son sang cognait plus fort, et il y pensait presque tout le temps, aux différentes possibilités, à ce que cela pourrait donner, à eux, à lui, à ce que cela ferait de partager ses journées (et ses nuits) avec quelqu'un. Et s'il avait un fils (il pensait aussi à une fille, mais un fils serait bien). L'implication pour le Royaume. En même temps il savait que ce n'était pas possible. Il se doutait qu'il s'agissait d'une chimère. D'un mirage. Bien sûr, Horace pouvait ressusciter. Lactalis ne pas réussir à éventrer les Causses. Mais il y avait des limites. En son for intérieur, il le savait. Il n'y avait aucune chance qu'une fille comme Sheila vienne s'enterrer à demeure ici. Il en prit son parti, il le fit immédiatement, sans hésiter. Il savait que son cœur battait pour elle, qu'elle était celle dont il rêvait, mais il renonça à essayer de la conquérir. Cela aurait été vain et sans espoir. C'est donc en stratège, d'une façon professionnelle, détachée, dans un souci d'efficacité, qu'il lui parla de la Réserve.

– Avec des loups ?

– Oui. Les loups sont un problème.

– On l'a évoqué plusieurs fois avec les éleveurs. Cela fait débat.

– Ils se reproduisent beaucoup plus vite que l'ours.

– À quel rythme ?

– Je ne sais pas exactement, mais plus vite. Par exemple, avec un ours au bout d'un an vous en avez à peine deux, avec les loups ils seront dix, ou onze, ou douze.

– Ah carrément ?

– Ça veut dire des troupeaux décimés, des éleveurs en difficulté. La région n'a pas besoin de ça.

– Mais je croyais que les loups régénéraient l'écosystème ?

– Ben, c'est des loups. Les loups mangent les moutons. C'est comme dans *Le Petit Chaperon rouge*.

Ils partirent visiter la future réserve. C'est elle qui le proposa. Il fallait qu'elle voie avant de s'engager, donc allons-y, pendant que Jeanne était à Paris pour gérer l'activité de députée, préparer la rentrée parlementaire, les affaires courantes. Sheila était toute seule pour quelques jours. C'est elle aussi qui demanda s'il n'avait pas de chevaux. Ado, elle avait fait du double poney, et là, avec la nature, elle avait envie de remonter. En plus, cela pouvait être bien pour le film. Les chevaux donnent toujours une mise en situation plaisante. Il se creusa la tête pour trouver la bonne configuration, il avait plusieurs chevaux, mais qui n'étaient pas souvent montés. Finalement, il lui donna la jument, qui était vieille et tranquille, et lui prit le poulain, qui était grand maintenant, mais qui était plus nerveux. Il n'était pas un cavalier aguerri, mais suffisamment pour gérer le poulain, et avec la jument Sheila serait en sécurité. Il n'aurait plus manqué qu'elle tombe et qu'elle se blesse.

– Les loups, cela résonne dans l'inconscient collectif.

– Les ours aussi.

– Ce sont des totems !

– Mais avec de l'appétit.

– Ils sont beaux, vos chevaux.

– C'est une race qui était en voie d'extinction.

– Que vous avez réintroduite ?

– Plus ou moins.

Il les avait reçus en paiement d'une dette. Du matériel agricole qu'un client ne voulait pas payer. C'était au moment où il s'était lancé dans le vol et la revente d'engins. Quelques coups superbes, des tracteurs, des pulvés, des déchaumeurs, des semeurs, des broyeuses. Lui et le Justin, en Arsène Lupin de la moissonneuse-batteuse. Une partie revendue au Maghreb, par containers, par des Marseillais, encore, que les Lyonnais lui avaient présentés. L'autre lot à des agriculteurs, dont le mauvais payeur. Il l'avait mis à l'amende et lui avait pris les chevaux. Une race en voie d'extinction, des bêtes faites pour la demi-montagne, magnifiques. Ça avait fait tilt. Une mission. Préserver Sainte-Croix. Sanctuaire. Vivre comme une république indépendante. Avec ses animaux. L'arche de Noé, presque. Pas une fascination pour l'ancien temps, ce n'était pas ça, pas de retour en arrière. Il avait Internet par satellite et par relais fibre, une téléphonie qui marchait même dans la montagne. Il avait l'hélicoptère sous le hangar. Mais il fallait préserver le Royaume, c'était tout.

– Les loups vont rester dans la réserve ? Parce que, s'ils se sauvent et vont manger les pauvres moutons, cela ne réglera pas le problème des éleveurs.

– Justement, c'est prévu. On peut facilement fermer le défilé. De l'autre côté, c'est des falaises. Ce ne sont pas des loups volants.

– Et le public ?

– On circulera à cheval ou avec des quads électriques. Avec la possibilité de passer la nuit dans des miradors.

– Mais, au bout d'un moment, il y aura trop de loups.

Thomas avait d'ailleurs prévu d'aider un peu si besoin cet équilibre écologique.

– Non, sur un territoire restreint, il y a une régulation naturelle des naissances.

– Et pour les faire venir ?

– Dès qu'un loup sera signalé par un éleveur, on viendra le pister et le capturer. Sous le contrôle des écologistes.

Vu de l'extérieur, cela semblait absurde de racheter des vieux tracteurs, de traquer le sperme d'Horace, d'avoir récupéré toutes les maisons des défunts sans héritiers, peut-être, mais c'était comme ça. Le reste, il s'en foutait. Il était bien de cette façon. Mais cette fille le troublait. Il avait beau se faire une raison, elle était là, sur la jument, à chevaucher à côté de lui.

Elle voulait savoir s'ils allaient déranger des loups pendant leur promenade. Se faire attaquer – attaqués par des loups ??? Il se le demandait aussi. Quelques semaines auparavant, à moins de cinquante kilomètres de Sainte-Croix, les loups avaient décimé une bergerie. La bergère avait essayé de les mettre en fuite. Elle avait crié, fait du bruit, et… les loups l'avaient attaquée. Elle avait été obligée de se réfugier dans la laiterie. Heureusement, elle avait pu appeler du secours avec son portable. Thomas avait pris le pistolet. Dans les sacoches, avec un pique-nique. Il se voyait bien mettre en fuite les prédateurs, la sauver.

– Ici, c'est la Bête du Gévaudan, non ?

– Oui, dans la région.

– C'était un loup ?

– Ou un loup-garou, on n'a jamais trop su.

Ils avancent dans la forêt. Personne n'y vient plus. C'est sauvage. Le chemin mène aux Causses, et ensuite l'autoroute barre le paysage. Après, on sortait du Royaume.

– Tu as toujours habité là ?

– Quasiment.

– Ça doit être génial.

– De quoi ?

– D'habiter là.

– Quand on y habite, oui.

Le problème de Sheila, c'est Thomas. Elle se demande si c'est la bonne pioche. Il faudrait qu'il parle plus. Pour le film, cela va être un problème. Il faut quelqu'un qui crève l'écran. Dans *Merci patron !*, le casting était génial. Les pauvres avaient l'air de vrais pauvres. Avec cet accent du Nord ! Ce look ! Là, Thomas, elle ne savait pas trop ce que cela pouvait donner. D'un autre côté, le truc des loups, cela pouvait être pas mal. C'était porteur. Il fallait que le film s'inscrive dans une histoire. Un but. Le truc génial avec *Merci patron !*, en plus du cast qui était extra (bon Dieu, mais où le réalisateur avait-il trouvé des pauvres aussi cinégéniques !!!), c'était que les personnages avaient un but. Allaient-ils pouvoir garder leur maison ? C'était fort, garder sa maison ! Contre un milliardaire infâme. Là, c'était plus diffus. Moins identifiant. Cette réserve. Cela pouvait-il interpeller un public large ? Ça dépendait. De l'angle. Du propos. Il fallait qu'elle échange avec Jeanne là-dessus. Jeanne avait fait des séminaires d'écriture. Mais les loups, c'est vrai, c'était pas mal. Il y avait aussi Lactalis. Comme antagoniste. Comme méchant. C'était bien, Lactalis. Il fallait qu'elle se renseigne dessus. En même temps, l'idée n'était pas non plus d'être écolo. Il fallait sortir de cette case-là. « On n'est pas écolo, on est juste conscient. » *Éco-conscient.* Quoi qu'il en soit, Thomas devait parler plus. Être à l'aise.

– C'est super-beau !

– C'est la fin des Causses, c'est isolé.

– C'est magnifique.

Sheila n'en revient pas. Ils viennent de sortir de la forêt, de monter un chemin à flanc de montagne et ils sont dans un décor fantastique. Un truc de conte de fées. Des concrétions ruiniformes à perte de vue. On dirait des géants. Des êtres de pierre. Des souvenirs. C'était ça, des souvenirs. D'un autre temps.

D'ailleurs. De la mémoire du monde. C'est ce que Sheila se dit, prise par l'atmosphère du lieu, se disant que c'était bien, qu'il fallait filmer avec le coucher de soleil, mettre un loup là-dedans. Du coup, on faisait quelque chose de plus fort, un peu animalier, elle et Jeanne à cheval, avec Thomas – mais il fallait quand même qu'il parle plus, qu'il se lâche –, et là, alors qu'elle se dit ça, il y a un miracle, Thomas se tourne vers elle et explique :

– Je venais là quand j'étais petit. C'est là que j'ai appris à lire, à compter, la géographie.

– Avec la maîtresse ?

– Non. Avec la femme qui s'occupait de moi et de mon cousin. Il n'y avait plus d'école déjà.

– Elle s'appelait comment ?

– Poupoune. Chaque rocher représentait quelque chose. Les pays. Les régions. Les capitales. Les lettres. Là-bas il y avait le A, et là-bas le N, et tout l'alphabet. Le Y, le F, le L. Après on allait du N au A. Ça faisait NA. Et ainsi de suite. C'était comme un gros dictionnaire. C'est le causse qui m'a appris à lire et à compter, et tout le reste.

– …

– La géométrie. Avec les angles, c'était là-bas. Et les légendes aussi. Les mythes grecs. Ulysse. Prométhée. Le petit avec le chapeau, c'était Napoléon.

– C'est vrai que ça ressemble.

– Elle nous a enseigné comme on lui avait enseigné à elle. C'est pour ça que je n'aime pas parler occitan. Elle, on le lui avait interdit. Elle a fait pareil avec nous.

– Tu ne parles pas occitan, alors ?

– Si. Mais j'évite. Je me dis, ce n'est pas la peine que Poupoune, qui me regarde peut-être, se mette la rate au court-bouillon.

Elle avait failli éclater de rire. Rien de méchant, juste le hiatus. La bizarrerie. Ces causses préhistoriques. Ce type qui avait appris à lire avec des pierres. Si charmant, c'était certain, dans un documentaire. Mais là, si déconcertant. Il devait faire 2 mètres, des mains comme des battoirs, et Poupoune qui le regardait, qui pouvait le gronder s'il parlait occitan. Elle avait un sentiment d'irréalité. Elle, députée, sur un cheval, au bout du monde, peut-être avec des loups, voire des loups-garous. Elle accentua son sourire, pour qu'il ne se rende pas compte.

– Parce que tu crois qu'elle est où, Poupoune ?

Il l'avait fixée, surpris.

– Ben, au ciel.

À Sciences Po, Sheila avait eu un vieux prof, qui l'avait marquée, qui leur parlait toujours de ce qu'ils auraient à faire, dans le concret, plus tard, quand ils seraient tous dans la vie active, faisant partie de la frange haute de la population. Il s'agirait souvent de gérer des situations. Il fallait voir chaque problème comme un puzzle. Une équation. Trouver le point d'équilibre. Ou plutôt sentir quand un point d'équilibre surgissait. Une compréhension. Une lueur vers la solution. Il appelait ce moment l'instant Eurêka. C'est ce qui était en train de se passer. Le début d'hilarité se transformait en un sentiment extraordinaire. Le causse. Ces loups. Et Thomas, là, qui parle de son enfance et de Poupoune. Ça n'avait rien de ridicule. Il était baigné de lumière. C'était charmant ! Ça y est ! Elle tient le truc. Elle le sait. Le combat de ce type. Une vie vraie. Encore mieux que les pauvres de *Merci patron !*. Un élan positif. Une clarté. « C'est les Causses qui m'ont appris à lire » – et je lis *Le Rivage des Syrtes* –, « Poupoune nous montrait Napoléon et New York » – et je témoigne qu'une autre vie est possible, avec des loups ! La Mère Denis. Mais en plus top. En fait, si, il crevait l'écran. Il était un peu lent. Comme un diesel. Mais une fois chaud, c'était du gâteau.

– Qu'est-ce que tu en penses, alors ? De la réserve ? C'est une bonne idée, tu crois ?

Il voit comment elle le regarde. Il comprend qu'il se passe quelque chose. Elle a l'air émerveillée. C'est à ce moment qu'il vacille, qu'il se dit, en fait si, c'est peut-être possible. Elle veut devenir une reine, pourquoi pas celle de mon Royaume ? Quand elle répond : « Je trouve ça génial. Génial, vraiment. On va tout faire pour que cette réserve se fasse, et pour mettre toutes les chances de notre côté, on va axer le film là-dessus. Il faut que j'en parle avec Jeanne, mais je pense qu'on peut s'investir dans le projet et le défendre », Thomas a la confirmation de son intuition. Elle aussi ressent une attirance. C'est comme un puzzle, et elle en fait partie. Elle en est un des éléments logiques. Comme l'avait été le Trésor, tombé du ciel. Comme l'était la réappropriation du sperme d'Horace. En chevauchant vers Sainte-Croix, au retour, il lui parle de la légende et du saint.

– C'est un saint homme qui était en pèlerinage, et il s'était retrouvé pris dans une tempête de neige. Il peut faire très froid ici l'hiver. Heureusement, un gardien de troupeau était là. Il a entouré le saint avec les bêtes, et ils sont restés toute la nuit, protégés par la chaleur du troupeau. Pour nous remercier, le saint a béni Sainte-Croix. Ça vient de là, le nom. Sainte-Croix-les-Vaches. Notre troupeau est béni. C'est pour cela qu'Horace va revenir.

– C'est qui, Horace ?

– C'est le dernier taureau. J'ai retrouvé son sperme. Je suis en train de le racheter.

Ce type était un cadeau des dieux. Le sperme d'Horace. La façon dont il le disait ! Comme s'il parlait de quelque chose de précieux, d'un joyau, d'une évidence. Il n'était pas mal, en plus. Bel homme finalement, avec ses grosses mains. Mieux qu'elle ne l'avait vu au début. Avec le soleil, sur le cheval, ça le faisait.

– Tu vas être parfait pour le film.

– Parce qu'il faudra que je sois filmé ?

– C'est important que quelqu'un porte la voix de Sainte-Croix.

Ils arrivèrent en vue du village au soleil couchant. Jeanne venait de rentrer de Paris, et Thomas remonta les chevaux tout seul jusqu'au pré, à côté de sa ferme, la jument qui les suivait, lui et le poulain, comme un chien docile. Il avait le cœur grave, assez perturbé par cet amour qu'il croyait maintenant possible, déçu aussi de ne pas avoir croisé de loup, ce qui aurait permis de sortir le pistolet. Qu'elle le voie vraiment comme il était, un type dangereux et flamboyant, et puis il se rappela Zorro, les conseils de Monré. Zorro était Zorro parce que personne ne savait qui il était. Il serait bien temps qu'elle se rende compte de la réalité. Pour l'instant, mieux valait rester caché.

– La Mère Denis, meuf ! Avec une story de ouf !

Même si elles avaient fait toutes les deux Sciences Po, elles adoraient parler comme des racailles du 9-3. Ça les détendait.

– Il était sur son cheval, meuf, et il commence à me raconter Poupoune.

– Poupoune ?

– C'est la femme qui l'a élevé, elle lui a appris à lire et à compter, l'histoire, la géographie, sur des rochers, et ces rochers, je te jure, on croirait des gens. Il y a même Napoléon. C'était hyper-beau. Hyper-poétique.

– C'est ouf !

– Grave ! On peut faire une séquence là-bas qui tue.

– Mais pour le loup, comment on va faire ?

– Ça doit se louer. Comment ils font pour les films avec des loups ?

– Oui, c'est sûr.

– Ce qui m'inquiète, c'est s'il va être bon quand on va tourner. Il y a des gens que la caméra paralyse.

– T'aurais peut-être dû le filmer avec l'iPhone ?

– Oui, mais j'ai eu peur qu'il se crispe.
– On va booster sa légende.
– Comment ça ?
– Faut qu'on lui trouve un truc, une ascendance, quelque chose de spécial. Ça servira le film, et comme ça, il se sentira plus.
– Pour le galvaniser, tu veux dire ?
– Oui, et pour donner de la force à la story.
– Tu penses à quoi ?
– Je ne sais pas, il faut que je réfléchisse.
– La Mère Denis, meuf. C'est aussi authentique que la Mère Denis pour les machines à laver.
– Ou Justin Bridou pour le saucisson.
– Sauf que nous, c'est pour de la politique.
– Ils vont nous sucer la moule.
– T'as raison, ils vont nous sucer la moule.

Et Thomas, qui, une fois les chevaux mis au pré, est redescendu au village et veut repasser leur faire un coucou, finalement, n'ose pas frapper à la porte du presbytère, mais il fait le tour et regarde par la fenêtre de derrière. Il les voit de loin, dans la grande pièce, passer comme des silhouettes, des lianes carnivores, des apparitions, et discuter, rire. Il capte en partie la conversation. Il comprend qu'elles parlent de lui. Peut-être qu'elles se foutent un peu de sa gueule, mais il s'en fiche. Il est content de les regarder, d'entendre la voix de Sheila. Il entend « sucer la moule », mais sans le rattacher vraiment à quelque chose de concret. Son esprit est rempli de taches de couleur, d'allégresse, qui lui envoient dans le corps des signaux bénéfiques et enivrants. Les autres ont cependant sur cette question un avis différent.

– Il faut qu'on parle.

– Il y a quelque chose qui ne va pas !

– Médée pense qu'elles t'ont « philtré ».

– Pourquoi elles m'auraient « philtré » ?

– Dis-lui, Médée.

– À ton avis ? Elle veut devenir reine. Comment tu crois qu'elle va s'y prendre ?

– T'es plus le même.

– Ça se voit, t'as plus ta tête.

– Tu l'as emmenée faire le cow-boy dans les causses.

– Je l'ai pas emmenée faire la cow-boy, je lui ai montré la réserve pour qu'elle nous appuie.

– Tu vas les épier par la fenêtre des toilettes du presbytère, André t'a vu.

– Je ne vais pas les épier, je voulais pas les déranger.

– Rappelle-toi, quand t'as été boire l'apéro. Il y a rien eu de bizarre ?

– Elles avaient fait de la sangria.

– Elles t'ont « philtré » !

– Si elles t'ont « philtré » à la mouille, c'est chaud.

– Comment je peux le savoir ?

– Si tu te réveilles le matin avec le membre dur à en avoir mal en pensant à elle. Si tu penses à elle toute la journée. Si t'as le cœur qui bat quand tu la vois. Si tu rêves d'elle.

Pour Thomas, qui s'éveillait tous les matins avec un gourdin de chêne, enlacé dans les bras du traversin, de son aimée, avec qui il venait d'échanger fluides et soupirs, le symptôme confirmait le diagnostic.

– Tout ce dont va avoir envie ton être intime, c'est de poser ta bouche sur sa fente, et de la boire jusqu'à plus soif.

– Elle fait de toi son esclave !

Mais ce n'était pas tout. Il y avait plus grave. La nouvelle retentit comme une bombe dans le microcosme de Sainte-Croix. C'est la Chouette qui vint la leur annoncer, alors qu'ils étaient chez Bello, en train de faire une dernière fois le point sur les Marseillais. Était-ce sans risque ? N'allait-il pas se faire des ennemis ? Les caïds à Marseille, ça ne durait maintenant pas plus que le temps d'une saison. Ce Gorillaz n'allait-il pas les mener vers la ruine ? Médée aurait dû le « carter », mais, comme il venait de « carter » les filles, il était fatigué. Sheila voulait récupérer la maison qu'on appelait – à juste titre – la maison de la sorcière.

– Elle veut récupérer la maison ??? Mais pourquoi celle-là ?

– C'est sa tante. Ou sa grand-tante. — Justin, funèbre.

– Sa grand-tante ???

– Le notaire a vérifié. C'est lui qui m'a appelé. — André, confirmant.

– Je n'en reviens pas.

– Elle t'en avait parlé ?

– Non.

– Ça confirme d'autres choses que je ne vous avais pas dites, parce que j'étais pas sûr, mais je me rends compte, c'est parce qu'elle m'a aveuglé. J'ai fait des rêves. — Médée, balançant une onde inquiétante.

– Quels rêves ?

– Du noir.

– Pourquoi tu l'as pas dit ?

– J'étais pas sûr.

Sheila avait eu l'idée, en voyant à Sainte-Croix la maison où elle était venue enfant, de se renseigner pour savoir qui en avait hérité. Or, la succession était toujours ouverte. D'habitude, la mairie récupérait les parcelles, par incorporation, ou la Chouette fabriquait un testament, ou même c'était une vraie donation des vieux qui mouraient et qui savaient que Thomas s'occuperait de leurs biens. Mais pas cette maison-là. Cette maison, c'était la maison de la sorcière. Et quand elle était morte, Médée avait dit (pas le Médée d'aujourd'hui, Médée-le-Vieux, qui s'était battu avec elle dans le monde magique) de ne pas y toucher. Si on récupérait la maison, c'est sûr qu'elle serait piégée, que c'était miné de partout, et qu'en la laissant, sans y toucher, l'effluve se dissiperait, doucement, comme de la radioactivité. Plus personne n'y avait jamais donc mis les pieds. Médée (le Jeune), qui était mortifié de ne pas l'avoir détectée plus tôt, expliqua que la sorcière s'était cachée quand il avait « carté », parce qu'elle savait le faire, parce que c'était une sorcière. C'est pour ça qu'il ne s'en était pas aperçu tout de suite. Il avait fallu qu'il aille au bout de l'œuf, dans les premières mesures de l'Être, et les rêves étaient arrivés, porteurs de l'implacable nouvelle, confirmés aujourd'hui par cette captation de la maison, qui laissait tout le monde pantois. Sonné, Thomas demanda d'une voix blanche :

– Mais tu crois que c'est la sorcière elle-même ?

– Oui. Et elle est dans les deux. Dans la tienne, et dans sa copine. Elle va de l'une à l'autre, et elle nous regarde.

Et le roi n'avait pas d'héritier…

– 7 –

C'était une fâcheuse nouvelle. À laquelle Thomas n'avait rien à répondre. Si Médée le disait, c'est que Médée avait raison. Médée savait des choses qu'eux ne savaient pas. C'est pour ça qu'il était Médée. Et dans son genre, il était très bon. Toutes les communes n'avaient pas des Médée. Thomas le savait. Médée n'avait jamais touché une femme de sa vie, et pourtant il connaissait tout ce qui pouvait se passer entre deux personnes de sexes opposés. La description qu'il avait faite des symptômes était éloquente. C'était exactement ça. La verge gonflée le matin. L'obsession des pensées. Le cœur qui battait fort. Une fois, il lui avait demandé comment il savait autant de choses sans les avoir pratiquées lui-même, et Médée avait répondu que cela venait de ses vies antérieures, qu'il avait passé beaucoup de temps à examiner comment fonctionnait la vie, à partir de cadavres d'animaux, de singes ou d'humains, et que ceux qui lui avaient enseigné savaient à quoi correspondait chaque os, chaque ligament, chaque sueur, sur terre, au ciel et dans les étoiles, et que lui savait peu de choses, mais suffisamment pour le b.a.-ba.

Alors, s'il disait que Thomas avait été « philtré », c'est que c'était probablement vrai. Et de toute façon, il y avait la maison. Ça, c'était implacable. Filiation maléfique. C'était patent.

Pourtant, cela ne découragea pas Thomas. Soit que le « philtre » fût effectivement très puissant, soit qu'une partie de son esprit fût aussi sensible à un bon sens plus terrien, il ne fit pas une croix sur son amour, ni sur la possibilité qu'il se concrétise. Il redoubla cependant de méfiance. Sheila, elle, ne botta pas en touche quand il la questionna sur la maison, à son retour de Paris, où les sessions parlementaires avaient exigé sa présence. Elle ajusta seulement son mensonge, pour qu'il soit crédible. Elle n'avait plus passé « toutes ses vacances » à Sainte-Croix – Thomas et elle étaient à peu près de la même génération, il n'aurait pas pu ignorer la présence d'une Parisienne chaque été –, mais elle s'y était juste arrêtée tous les ans, comme un pèlerinage, à chaque retour de vacances. Ça, c'était plus difficilement vérifiable. Et à peu près raccord avec ce qu'elle avait bobardé pendant sa campagne.

– Je ne t'en ai pas parlé parce que je suis plutôt discrète sur tout ce qui me concerne.

– C'était ta tante ?

– Ma grand-tante.

– Tu la connaissais bien ?

– Bien, non. Mais c'est quelqu'un qui m'impressionnait. On s'arrêtait là tous les ans, quand on rentrait des vacances en Espagne.

– Et tu vas hériter de la maison ?

– Oui. Le notaire a dit que je pouvais récupérer les clefs en attendant que l'on fasse tous les papiers. Comme ça, ce sera plus pratique, l'équipe pour le documentaire va commencer à arriver. On pourra, enfin, si tu es d'accord, les loger dans le presbytère.

Elle le regardait droit dans les yeux, Thomas essayait d'y déceler de la malice, une diablerie, mais elle lui semblait pure. Médée ne pouvait pas se tromper. Il y avait cependant quelque chose que le rebouteux n'avait pas envisagé, c'est que la modalité de la relation puisse changer. Cette sorcière, pour ce que Thomas en savait, était là depuis le Moyen Âge, même avant. Parfois, elles étaient plusieurs dans le village. Parfois, elle était seule. Tout le monde savait que c'était la sorcière. Qu'elle était responsable d'une partie des mauvaises choses qui survenaient inévitablement. C'est elle aussi qui enlevait les grossesses quand on n'en désirait pas (enfin, avant, car il y avait longtemps qu'aucune femme ne s'était trouvée grosse ici). C'était de tradition. Mais aujourd'hui, les choses avaient changé. Même si Médée ne se trompait pas, il y avait l'hypothèse que ce soit un peu différent. Que la sorcière trouve ça cool de protéger le Royaume avec eux. Après tout, elle avait tout à y gagner. Où jetterait-elle ses sorts, si Sainte-Croix disparaissait ?

– Je me suis renseignée, pour la route, et pour Lactalis. Tu avais raison. Ils ferment l'usine et sont déjà en train d'intriguer pour relancer l'enquête d'utilité publique sur le tracé. La nouvelle route leur ferait économiser presque un million d'euros par an.

– Tant que ça ?

– À peu près dix heures de trajet journalier multiplié par six camions collecteurs, fois trois cent soixante-cinq. Ils vont se battre.

Le diable venait donc d'abattre ses cartes. C'était confirmé. Si l'on ne faisait rien, Sainte-Croix serait traversé par une nationale toute neuve, transpercé, cassé en deux, sillonné par des voitures et des camions, un hôtel certainement, plusieurs peut-être, pour se dissoudre finalement dans le monde. Des entrepôts, des zones industrielles, des hangars en tôle, des enseignes hideuses. Thomas, qui allait souvent pour ses affaires à Lyon ou à Marseille, avait vu la région PACA sombrer dans le cauchemar. Une lèpre, qui petit à petit recouvrait tout. C'était impossible. Il sourit à Sheila, il lui fit comprendre – dans le fond rassuré que cela soit la sorcière, qu'elle soit concernée, en fait, par Sainte-Croix – qu'ils devaient s'unir, que leurs intérêts étaient communs. Elle dut recevoir le message instantanément, parce qu'elle dit :

– On doit faire cause commune. Le documentaire va servir nos idées, et Sainte-Croix !

– Tu penses que l'on a une chance ?

– On va se battre. Et on a des caméras avec nous !

– Elles arrivent quand ?

– Qui ?

– Les caméras.

– Demain.

– Vous emménagez dans la maison aujourd'hui, alors ?

– On fait le grand ménage cet après-midi. Si tu veux passer nous donner un coup de main, on ne dira pas non.

– Dans la maison ?

– Oui.

– Je ne sais pas. C'est un peu gênant.

– Pourquoi ?

– C'est intime, une maison. La première fois, c'est mieux de la découvrir tout seul.

– Tu crois ?

– C'est la résonance avec les pierres. La maison est chargée, toi, elle va te reconnaître.

– Et pas toi ?

– Moi, je ne sais pas. Faudra lui demander.

Il n'y alla pas, mais les regarda de loin, à la jumelle, et les autres étaient avec lui. Thomas, ne voulant pas faire celui qui ne se préoccupait pas de la situation, renchérissait, rajoutait de la méfiance, disait : « Oui, certainement, si c'est la sorcière, il faut qu'on fasse attention », mais cela sonnait faux, alors que les autres étaient à fond. Enfin, surtout Médée, pour qui ce genre de choses (les sorcières, les philtres) étaient naturelles. André, lui aussi, était en mode défensif. Et le Justin également, quoiqu'avec moins d'ardeur. Lui n'avait pas été « philtré », mais il se réveillait quand même le matin avec le gourdin en pensant à Jeanne et se voyait surtout essayer de lui mettre un petit coup à l'occasion. Tout en étant d'accord que c'était bien la sorcière, et qu'il fallait être prudent. Du côté des filles, on était tout autant dans le métaphysique.

– Il m'a dit qu'on allait demander à la maison. C'est du feng shui, meuf.

– C'est une bonne idée. Faire des croisements.

– Une discussion à bâtons rompus avec un ponte du feng shui.

– Pour en faire venir un ici, ça va être plus dur que de trouver un loup. Tous les bons sont bookés six mois à l'avance.

– Faut qu'on arrive à mettre en avant une façon nouvelle de penser l'intelligence.

– L'intelligence et le social.

– L'intelligence du social !

– La permaculture sociale !!

– La permaculture intelligente !!!

– Si c'est la permaculture, et qu'on la met en avant, c'est qu'elle est forcément intelligente. Pas la peine de le préciser.

– Ça dépend. Des fois, c'est bien de doubler le concept, ça enfonce le clou.

Les choses commençaient à se dessiner. Elles en avaient des vapeurs. Pour Sheila et Jeanne, qui n'en espéraient pas tant, l'idée d'un documentaire qui aurait une cause, un but, et dans lequel elles pourraient articuler le déroulé d'une action pensée et cohérente (même si elle était plus ou moins fictionnée), remplissait parfaitement l'objectif. Il ne s'agissait pas de faire des millions d'entrées, ni d'accéder à une notoriété internationale – elles n'étaient pas idiotes, et tout à fait réalistes –, mais juste d'exister. Un bon documentaire, original, profond, posant les bonnes questions, générerait des projections, des débats, des retombées presse. Laisserait des traces sur Internet, préparerait la réélection et leur permettrait d'entrer dans la danse en douceur. Avec sa position de députée, il était facile pour Sheila de récupérer une subvention (la région avait de l'argent pour des actions culturelles, qu'elle ne dépensait pas). Le réalisateur (un ex de Jeanne), qui devait le réaliser, descendait le lendemain de Paris. Tout allait rouler. Elles sous-louaient leurs deux apparts à Paris en Airbnb quand elles n'y étaient pas et avec le salaire de députée, plus l'enveloppe de frais (tout était casher, Jeanne n'était pas de sa famille, c'était parfaitement réglo), elles étaient à un niveau de tranquillité financière qu'elles n'avaient jamais connu ni l'une ni l'autre. Tout en faisant un trip de folie, dans une région de ouf, avec des trucs trop marrants. Elles n'arrivaient pas à s'endormir, tellement c'était prenant et, disons-le, un peu incroyable.

– Clairement, meuf, tout ce qui concerne la nourriture et l'environnement est un sujet d'avenir.

– On ne peut pas l'éluder.

– Mais personne n'a envie d'aller de trop près mettre les pieds dans la bouse.

– On est au cœur d'une niche, c'est clair !

– En avant, meuf ! En Avant !

Pour Thomas, c'était différent. Il sentait bien que la destinée de Sainte-Croix, à laquelle il attachait autant d'importance, se jouait en ce moment, entre les impératifs logistiques d'un industriel du lait, la folie d'un monde qui broyait tout, et le renouveau qu'il espérait – et peut-être aussi désormais les caprices d'une sorcière. Il le savait, parce qu'il avait rêvé du Cerf noir. Parce que tout ne pouvait pas rester éternellement immobile. Parce qu'Horace allait revenir. Parce que c'était comme ça. Ainsi était-il agité de sentiments confus. Il aurait voulu que les Causses restent les mêmes. Qu'il puisse s'y promener avec Monré. Y flotter en songe avec Poupoune. Mais il voulait aussi que le Royaume soit plus flamboyant, retrouve un lustre, une vie. Une animation qui s'était enfuie, le faisant ressembler à une île de rescapés. Une réserve de rupestres s'enfonçant dans l'oubli. Comme une vieille maison aux volets fermés (comme d'ailleurs toutes les maisons du village, comme celle de la sorcière), remplie de toiles d'araignées, en (très) léger sursis. Par contre, rien n'indiquait qu'il puisse être potentiellement un personnage de film. Le témoin que l'on pouvait brandir, singulier et intéressant, d'une autre façon de vivre. D'une sagesse qui était peut-être la bonne, quand tout le monde fonçait dans l'autre sens. Cela le laissait perplexe. Il avait du mal à s'imaginer en acteur, sur un écran. Cela – à juste titre – l'inquiétait.

Les jours suivants, il fut très occupé avec les foins d'une part, mais aussi par l'accueil des Roumains. Les Roumains avaient été la bonne solution face à la désertion de la population locale. Les Roumains (du moins ceux avec qui il avait fait affaire jusque-là) venaient de la campagne, une zone de montagne et de forêt (un peu comme Sainte-Croix), et vivaient encore comme vivaient leurs grands-parents, mangeaient les produits du jardin et construisaient leurs maisons eux-mêmes (comme à Sainte-Croix). Quatre-vingts euros par jour pour les travaux usuels, logés, nourris. Cent dix pour la beuh. Ils s'étaient tout de suite compris. Il allait les chercher en hélico à Lyon-Bron. Justin leur collait un bandeau sur les yeux et on les déposait en haut de la montagne, où se trouvaient les serres – pas possible de faire de la beuh en extérieur pour de si grandes quantités, les satellites détectaient la forme des feuilles. La première récolte était mûre. Gorillaz devait être livré sous peu. Il fallait couper les têtes, enlever les feuilles, même les petites, qui donnaient en séchant au bud un aspect de truc fané, alors que bien taillées les têtes étaient parfaites, rivaliseraient sans problème avec la production espagnole ou hollandaise. Et puis il y avait la qualité. Beuh bio. En plus du cannabis lui-même, Thomas fournirait comme convenu les étiquettes imprimées par André. La beuh bio, avec le sigle AB, issue de l'agriculture biologique. On pouvait toujours faire des analyses. Si sa beuh n'était pas bio, poussée sur la montagne, avec de la terre qu'il avait remontée en hélicoptère, fertilisée au fumier de cheval, alors aucune beuh ne l'était. Il était fier de sa plantation. Et d'un point de vue moral, rien à voir avec la vente des produits interdits. Pas de noirceur qui aurait pu venir se coller à son âme. Pas de regard désapprobateur de Poupoune. Aujourd'hui tout le monde fumait, et tout le monde savait que c'était bien moins nocif que l'alcool. Alors cinq tonnes de cannabis « bio », c'était plutôt une bonne action, rien de répréhensible. Tout le monde voulait du bio, c'était une mesure de salut public que les consommateurs de cannabis puissent en bénéficier aussi. Les Marocains arrosaient tout d'engrais et de pesticides, et l'herbe hollandaise provenait de cultures hydroponiques, nourries aussi de saloperies. La beuh bio qu'il cultivait serait une bouffée d'oxygène. Un produit sain, pour tous les consommateurs de France et de Navarre. Ainsi, pendant que les filles commençaient à structurer leur documentaire, peaufinant leur stratégie et accueillant elles aussi leur troupe, lui vaquait à ses occupations de voyou-paysan, le cœur toujours épris, mais réfrénant son élan depuis qu'il savait qu'il avait été « philtré » et que l'objet de sa flamme n'était pas aussi limpide qu'il l'avait cru de prime abord.

Le duo qui descendait pour le documentaire était une équipe de choc. Maxime, qui devait réaliser, l'ancien coup de Jeanne, cadreur pour des magazines d'Arte, et une stagiaire, progéniture d'une huile de l'Assemblée (un des vice-présidents) qui les avait dragouillées. « C'est bien, finalement, ce sang neuf qui arrive à l'Assemblée. » Il avait une fille qui passait son temps en club, ne foutait rien, une vague école de cinéma, de la fumisterie, si elles avaient quelque chose pour elle ? Un stage ? Ça tombait à pic. D'abord, elles se créaient du réseau. Le père avait une influence de ouf. Si la fille bossait sur le film, c'était tout bénef'. Ensuite, elles avaient besoin d'une petite main qui pouvait aider pour le son, la régie. Et dernier point, cela allait occuper Maxime, qui, d'après Jeanne, « marchait après sa bite ». Ça, c'était le seul hic. Il risquait vite d'être pesant. Pas question qu'il y ait le moindre malaise avec Daphné. Avec tout ce qu'on lisait en ce moment sur le harcèlement, il n'aurait plus manqué qu'il y ait un incident avec la fille du ponte.

– On les met tous les deux dans le presbytère ?

– Il y a deux chambres.

– Mais qu'une salle de bain.

– En même temps, ça va, elle n'est pas non plus en sucre.

– S'il l'emmerde ?

– Il ne va pas la violer.

– Non, mais il peut la harceler.

– Ce serait lourd. Il ne s'agit pas qu'on se mette mal avec le père.

– Cela dit, je l'ai vue quand on a fait l'entretien, elle a un piercing dans le nez, et un tatouage sur le haut des fesses qu'on voit quand elle se baisse avec le début de son string.

– Ce n'est pas une raison pour la donner en pâture à un détraqué sexuel.

– C'est quand même pas à ce point-là.

– Si on voit que ça ne va pas, on la prendra avec nous dans la maison.

Le mois d'août arrivait, avec les vacances parlementaires. Les filles allaient être tranquilles, plus besoin de multiplier les allers-retours à Paris, même si Sheila s'était arrangée pour, le plus souvent, donner une délégation de vote ou envoyer Jeanne. Elle préférait se focaliser sur son assise locale, plutôt qu'être perdue dans la masse des nouveaux députés, dont beaucoup étaient déjà connus, des petites gloires de la société civile. Difficile de rivaliser, autant mettre la gomme sur ce qui les ferait sortir du lot. Les grandes questions ville/campagne. Une nourriture saine. La *permaculture sociale* ! Au mois d'août, elles allaient avoir du temps pour finir de se poser, lancer le film.

Pour l'instant, elles avaient effectué des permanences itinérantes, naviguant de ville en village, recevant leurs ouailles (bureau des pleurs, travail d'assistante sociale, etc.), mais elles avaient maintenant décidé d'installer un bureau fixe à Sainte-Croix. C'était cohérent avec leur projet. Elles pourraient mieux fédérer autour de cette histoire de réserve, de *permaculture*, de *zone-lab* – c'était bien, zone-lab, ça claquait. Elles allaient en parler à Thomas. Se mettre soit dans la mairie, il y avait de la place. Soit, si cela posait un problème, dans la nouvelle maison de Sheila (celle de la sorcière). Elles s'étaient aussi aperçues que Thomas représentait quelque chose dans le département. Tout le monde ne le connaissait pas, mais il paraissait avoir sa petite réputation. On aurait même dit que certains avaient peur de lui. Pas vraiment peur, mais une crainte, un respect.

À tout point de vue, donc, cette histoire de Sainte-Croix était top. Elles avaient eu le nez creux. Cela leur faisait une assise. Une crédibilité. Quant à la maison, c'était le cadeau du ciel, la cerise sur le gâteau (Sheila se demandait à quoi tenait pareille veine, cela devait être les astres, oui, un alignement de planètes). Pas très grande (mais quand même trois chambres et les combles pouvaient s'aménager), un petit jardin, des arbres fruitiers, la bicoque se révélait un petit paradis. Sheila avait déjà prévu par la suite de la louer l'été en Airbnb. Avec le battage qu'allait faire le film, et en s'organisant avec la Chouette qui pouvait gérer les clefs et le ménage, c'était un appoint qui pouvait lui financer chaque année des vacances sous les cocotiers. Surtout s'il y avait la réserve de loups. Là, elle pourrait louer carrément plus cher. Les bobos sont tellement friands d'une nature authentique !

– Mais tu veux qu'on ne se focalise que sur le maire ? — Maxime, faisant le point sur le projet.

– Je ne sais pas. C'est à voir. Mais probablement oui.

– Dans le déroulé que tu m'as envoyé, il y a : rencontres avec les fab-lab. Rencontres avec le feng shui man. Rencontres avec le philosophe. Ça, ce sera avec le maire aussi ? — Maxime, toujours, attentif au brief.

– *A priori* oui.

– Mais on les a ? Le philosophe, c'est qui ?

– Je pensais à Onfray.

– Il est déjà dans pas mal de trucs. — Maxime, commençant à être légèrement dubitatif.

– Et les fab-lab, c'est quoi ? — Daphné, s'en mêlant aussi.

– C'est ce qu'on veut mettre en place. Un échange de réflexions ouvertes sur une nouvelle intelligence sociale.

– C'est pas un peu bateau comme direction ? — Maxime, encore, risquant de démotiver les troupes.

C'était ça le problème avec les Français. Le scepticisme. Le manque d'élan. Les gens qui râlaient. Qui n'y croyaient pas. En Avant ! amenait un sang neuf. Une rupture avec l'ancien monde. En Avant ! Il fallait que tout le monde le comprenne.

– L'idée, c'est la permaculture sociale.

– S'appuyer sur des concepts de permaculture, pour les décliner dans les échanges sociaux, y compris urbains.

– C'est un dialogue, en fait, ville/campagne.

– C'est clair, c'est d'actualité. — Daphné, saisissant l'enjeu.

– En 2040, 70 % de la population sera urbaine.

– Et le restant chargé de les nourrir.

– C'est super comme projet ! — Daphné, percutant enfin avec l'enthousiasme de ses vingt ans.

– Quoi, de nourrir les gens ? — Maxime, décidément rétif.

– Non, je veux dire le documentaire. C'est tripant. Et puis c'est vachement profond.

– La référence, c'est *Merci patron !*.

– *Tous au Larzac*, aussi.

– Disons entre les deux. Il ne faut pas qu'on soit dans l'agressivité, dans la contestation.

– Au contraire, on intègre. On rassemble. La réserve des loups, elle arrive parce que c'est une évidence, et nous on est là pour le faire comprendre.

– Donc, vous voulez apparaître aussi, vous mettre en valeur ? — Maxime, saisissant mieux de quoi il s'agit.

– C'est un film collégial, mais c'est un film militant. Il est assumé comme ça. Eh oui, on veut faire passer nos idées, parce qu'elles le méritent.

Alors que la tournure du film s'agence paisiblement, Thomas reçoit la visite du gars dont il avait réglé le dossier, quelques jours avant que tout cela ne commence, qu'il n'ait rêvé du Cerf noir, que les filles n'arrivent, que le destin du Royaume ne prenne un autre tour. Le type qui avait un problème de salmonelle. Il était venu le remercier, mais aussi l'avertir d'un pépin.

– Je te remercie parce que j'ai plus eu de nouvelles de la fermeture administrative, mais par contre j'ai croisé la femme de l'inspecteur au marché.

– Et alors ?

– Elle s'est jetée sur moi en hurlant. Elle m'a griffé avec ses ongles. On aurait dit une folle. À mon avis, il a eu peur de porter le pet aux poulets, mais il n'a pu s'empêcher de tout raconter à sa grosse. J'espère qu'on n'aura pas d'ennuis.

– Elle t'a griffé ???

– On aurait dit qu'elle était possédée. Elle hurlait que j'avais fait appel au diable. Qu'il n'y avait que Satan qui pouvait mettre une tête de cochon décapité dans une salle à manger. C'est vrai ? Tu lui as mis une tête de cochon dans sa salle à manger ?

Alors le diable s'en mêla...

– 8 –

De nouveau, Thomas se réveille une barre dans le crâne, la bouche pâteuse. Le Cerf noir est revenu. Ils étaient dans la lande, sur les Causses, sous la lune, entre les rochers, et il lui semblait que le Cerf noir lui disait au revoir, lui signifiait qu'un temps de la terre était sur le point de s'achever, et que lui, le Cerf noir, en faisait partie, et qu'il allait disparaître. Thomas ne comprenait pas très bien s'il partait ailleurs, s'il allait se transformer, prendre une autre forme, ou tout simplement s'évanouir, comme une vieille chaussette. Qu'il ne resterait de lui, comme les histoires du panthéon grec, qu'une trace usée dans la mémoire, une légende, peut-être un dessin animé (mais ce n'était même pas sûr, qui, à part lui, connaissait le Cerf noir ?). Quoi qu'il en soit, cela avait l'air plié. Le Cerf noir avait fait son temps. Il fallait s'y résigner.

Par la fenêtre, il contemple la cour de la ferme, les dernières machines dont il est fier – des pièces uniques, qu'il a retapées, notamment un trieur à grains qui doit dater du début du XXe siècle –, et il pense à la vanité de son entreprise. Cette idée de vouloir sauver Sainte-Croix est une illusion, une chimère. Quoi qu'il fasse, il sera englouti, et cela le déprime. Il est traversé d'idées noires, dues peut-être, il le craint, à la sorcière. Médée lui a dit que les maléfices n'étaient pas instantanés. Cela venait progressivement. Il chasse ces pensées néfastes. Pour une fois, il ne va pas suivre Médée. Ils n'ont pas le choix. Lactalis ne plaisante pas. Sheila a vu le dossier, c'est sérieux, il y a des plans, des estimations, on parle déjà d'appel d'offres. D'autres industriels sont concernés. Cette route va faire gagner du temps, donc de l'argent. Beaucoup d'argent. La machine est en train de se mettre en marche et ils ne pourront rien faire s'ils ne s'associent pas. Sheila et Jeanne sont peut-être la sorcière, mais elles ont aussi un début de solution. Sinon, c'est la fin. Il fallait juste qu'il fasse attention, que les filles ne mettent pas trop le nez dans ses affaires. Hier, ils les avaient croisées, lui et Justin, les deux voitures pleines de Roumains. À cause du brouillard, l'hélicoptère ne pouvait pas se poser en haut de la montagne. Les Roumains étaient dans les voitures, avec leur bandeau sur les yeux. Ils étaient passés rapidement, sans répondre à leurs coucous, mais il avait eu l'impression qu'elles avaient pu voir quelque chose. Pourtant, il avait dit aux Roumains de se baisser.

Thomas n'était pas idiot. Il savait que le monde paysan avait été broyé. Il connaissait l'histoire du Larzac (son père et son oncle avaient suivi l'affaire en détail, c'était leur grande cause, cette lutte sans relâche contre l'extension du camp militaire). Il voyait les régions qui avaient essayé de s'opposer. Les Bretons. Les Basques. Les Corses. Ceux qui avaient utilisé la violence. Il avait suivi le démontage du McDo à Millau. Il avait même proposé à l'époque ses services à José Bové, si celui-ci voulait recourir à des actions plus discrètes, mais plus efficaces. Ils y avaient été, avec le Justin, Bové avait décliné. Cela l'avait fait rire, mais c'était trop une méthode de voyous pour lui. Pour Thomas, il était difficile de faire autre chose que suivre les conseils de Monré… S'il ne l'avait pas fait, il serait mort. Il n'y aurait plus de ferme. Il avait été sauvé par un miracle. Et ce miracle lui avait conseillé de devenir un bandit. D'ailleurs, il n'était pas vraiment un bandit. Il avait suivi un mauvais chemin, à un moment, il s'était fourvoyé, avec les engrais interdits, les pesticides, mais il avait redressé la barre. Et là haut, Poupoune le savait. Elle ne laisserait pas Sainte-Croix mourir, se laisser meurtrir et défigurer. Si, Sheila et sa copine avaient peut-être une carte dans leur manche qui allait les sauver. Elles, plus la proposition qu'il serait bientôt en mesure de faire à la Région.

Avec ce qu'il restait du trésor de Monré (qui avait fondu au fil des ans), plus la beuh, il arrivait à presque vingt millions. Vingt millions d'euros, et je rachète les Causses. « Je vous fais le chèque. Oui, des Chinois, je vous l'ai dit. Des amoureux du terroir. Ils ne veulent pas que les Causses soient éventrés. Qu'on en fasse de la charpie. Ils veulent que le Cerf noir y soit encore chez lui. » L'activisme politique, comme au Larzac ? Ce n'était plus de mise comme dans les années soixante-dix, et ce qui se faisait depuis, les altermondialistes, les grandes actions, cela n'aurait pas convenu. La Confédération paysanne (la Conf), qui avait émergé comme une alternative à la FNSEA, fustigeant la production industrielle, se battant pour une agriculture plus humaine, déployant des actions quand il le fallait, était hors jeu. Ça n'aurait pas non plus marché à Sainte-Croix. Ce n'était pas dans la culture, et, de toutes les façons, il n'y avait rien à défendre. Il ne restait que des vieux sur le point de mourir et des maisons fermées.

Il se prépara à descendre au village. Le conseil municipal se réunissait, pour rendre officiel le projet de réserve, en présence de la députée, filmé par l'équipe qui venait d'arriver de Paris. Ça, c'était du concret. Il se focalisa là-dessus. Il avait mis son costume en velours.

Avant d'arriver à Sainte-Croix, il se projeta dans le futur, un futur radieux, avec une réserve de loups, et lui, pourquoi pas, fondant une famille avec Sheila. Elle reine et lui roi. Cela lui fit penser à Benoît. L'image de son cousin revenait à intervalles réguliers. Si la réserve se faisait, si avec Sheila les choses se concrétisaient, cela donnerait l'occasion d'un rapprochement. Il se promit d'essayer d'y mettre du sien. De faire en sorte que les choses s'arrangent. D'aller voir son cousin. Sur ces bonnes résolutions, il entra dans la mairie, où tout le monde était déjà en place.

– Je propose qu'on commence par tous se présenter.

(*Sheila, sourire, parfaitement coiffée, maquillée mais pas trop. Jupe, corsage. Sexy, mais stricte.*)

– OK, alors moi, c'est Thomas. Je suis le maire de Sainte-Croix.

– Alors moi, c'est Maxime. Je suis le réalisateur du documentaire. Ce serait bien si quand on parle on regarde un peu en direction de la caméra.

– Moi, c'est Daphné. Je suis stagiaire avec Maxime. Je m'occupe aussi du son. Si vous pouvez parler assez fort, ce serait bien aussi, parce que je n'ai pas assez de micros pour tout le monde.

(*Short en jean coupé qui lui remonte jusqu'au début du pubis, tee-shirt avec petit soutif apparent.*)

– Moi, c'est Justin. Éleveur et agriculteur. Au conseil municipal de Sainte-Croix.

– Moi, c'est André. Je suis imprimeur. Je suis également au conseil de Sainte-Croix.

– Moi, c'est Amédée, je suis au conseil de Sainte-Croix.

(*Regard vide, blafard, on dirait un zombie, pas de sourire.*)

– Alors moi, c'est Jeanne. Je suis l'assistante de Sheila, en charge de la permanence de la députée, pour les questions sociales et du territoire.

– Et donc, je suis Sheila, j'ai été élue pour représenter le peuple dans une des deux assemblées qui statuent sur les lois, l'Assemblée nationale, en tant que députée.

(*Elle se demande si elle ne s'adresse pas à eux comme si c'étaient des ploucs, si elle n'est pas condescendante, elle se tourne vers Daphné.*)

– Ça va, Daphné, on parlait assez fort ?

– Je pense, oui, J'ai que les écouteurs de mon iPhone, mais je crois que ça va.

– Pourquoi t'as que les écouteurs de ton iPhone ?

(*Maxime s'adresse à elle. Il fronce les yeux. Il n'est pas content.*)

– J'ai oublié une caisse chez le loueur.

– Peu importe, vous réglerez ça tout à l'heure.

(*Jeanne, agacée.*)

– Thomas, nous sommes réunis aujourd'hui pour statuer sur un projet, celui d'une réserve, qui accueillerait des loups.

(*Sheila, drivant d'une main ferme la réunion.*)

– Et aussi préserverait la biodiversité et protégerait des espèces menacées.

– C'est un projet que nous avons, Jeanne et moi, trouvé pertinent, et c'est pourquoi nous sommes ici.

La Chouette, dans son coin, prend des notes. Comme une greffière. C'est la seule qui ne s'est pas présentée. Elle connaît déjà tout le monde. Sheila a l'impression d'une pièce de théâtre. Un théâtre un peu fou, mais tout finalement n'était-il pas un théâtre ? Hier, elle avait eu l'impression de voir passer des voitures, avec Justin dedans – bon Dieu, lui, il draguait Jeanne, c'en était gênant –, Thomas et des gens avec un bandeau sur les yeux. Avait-elle halluciné ? C'était possible. Elle avait fumé avec Maxime et Daphné. Des années que cela ne lui était pas arrivé. Mais là, avec l'exaltation, la nature, la maison, le jardin, tout ce truc finalement hypercool, elle avait tiré sur le joint, et c'est juste après qu'elle avait eu ce flash. Deux voitures remplies de gens avec des bandeaux, noirs, un peu effrayants, qui avaient quasiment disparu alors que les voitures passaient à sa hauteur. Hop, comme des marionnettes que l'on escamotait. Cela pouvait être quoi ? Un signal de son inconscient ? Elle avait arrêté – après huit ans – les séances d'analyse. Elle se tâtait pour reprendre. Être députée était quand même une grosse pression. Ça réveillait des choses. Des trucs de pouvoir. Des trucs avec son père. Elle pourrait peut-être refaire quelques séances. Il y avait aussi le problème Jean-Pierre. Qu'allait-elle faire avec Jean-Pierre ? Là, avec l'éloignement, c'était *statu quo*. Il lui envoyait des sextos. S'excitait tout seul à distance. Il avait insisté pour un sexskype, elle s'était caressée devant la Webcam (elle avait dû faire plus de cinquante kilomètres pour avoir de la 4G), un peu absente, pendant qu'il jouissait à gros bouillons sur l'écran de son PC.

– Mais, légalement, tu penses que c'est jouable ?

– Oui. Carrément.

Légalement, c'était jouable. Et la proposition de Thomas n'était pas sotte, loin de là. Ces loups étaient une chienlit, c'était le cas de le dire. Le vieil élu avec qui Sheila en avait discuté associait cela à une culpabilité. Une façon de s'excuser du mal qu'on avait fait à la nature. De dire, vous voyez, on va faire revenir des loups, des ours. On ne voulait pas vous blesser. On vous aime en fait. On a besoin l'un de l'autre, même si vous avez des griffes et des crocs. Mais c'étaient des décisions qui étaient prises loin de la réalité. Par des gens pour qui l'ours, le loup étaient probablement une image, quelque chose de rassurant, sorti d'un film, d'une BD, d'un livre pour enfants. Des gens qui n'avaient pas l'expertise que Jeanne et elle avaient maintenant du terrain, de la réalité. Le loup était dangereux. Il bouffait les brebis, et parfois les gens. Donc oui, une réserve où l'on cantonnerait ces loups, que maintenant on ne pouvait plus réexterminer, était une idée de génie. Et du moment qu'elle était fermée, avec le défilé comme porte d'entrée, et les falaises à l'autre bout, les éleveurs n'y trouveraient rien à redire. Au contraire.

– Après, il y a aussi les Causses. Sur l'article de loi, c'est marqué « pour la préservation de biotopes géomorphologiques remarquables ». C'est le cas des Causses.

– C'est quoi, comme genre de formes ? — Maxime, qui a posé la caméra sur un pied et qui pose les questions en même temps.

– En fait, pour nous, c'est presque des… gens. Un peu comme des gens.

– Des gens ?

Bingo. C'était ça qu'il fallait filmer. Elle faisait des signes à Maxime. Jeanne aussi. « Filme-le, filme-le ! Caméra à l'épaule, vas-y ! » C'était le truc à capter. Ça qu'il fallait absolument avoir dans le doc.

– Pas des gens comme vous et moi, des… des êtres… enfin, si, un peu comme vous et moi. Mais faut les connaître.

Il fallait aussi avoir les autres. Celui qui était tout pâle, avec sa tête de mort-vivant, qui était en train de faire les gros yeux à Thomas, comme s'il en disait trop.

– Enfin, c'est une image. Ce sont des formes géologiques intéressantes. Ça peut peut-être jouer.

Trop tard. Il s'était repris. Il fallait l'emmener sur place. Qu'il refasse l'explication avec Poupoune. Avec ça, elle était certaine de décrocher la timbale. Le public allait adorer. Elle pouvait peut-être même avoir Arte. Sinon France-Télé région, mais c'était moins bien. Il lui fallait être percutante, grand public, nationale… Et pourquoi pas, européenne ! Universelle, quoi.

– De notre côté, on a déjà quelques propositions pour solidifier nos positions. Qu'on arrive avec un dossier crédible porté par une identité forte.

– …

– D'abord des fab-lab, qu'on pourrait imaginer, avec des échanges de savoirs et de compétences.

– C'est-à-dire ?

– Des résidences, par exemple.

– Des résidences ?

– Des artistes, des start-up.

– Des artistes ?

S'il répétait tout ce qu'elle disait, on n'y parviendrait pas. Il fallait qu'il y ait débat, qu'il s'enflamme. Cette idée de fab-lab était bien. Il fallait juste réussir à faire venir des gens.

– Je pensais qu'on pouvait par exemple les loger dans des maisons vides, qui appartiennent à la commune.

– …

Zut, elle avait appuyé sur le mauvais bouton. Ça coinçait. L'ennui, c'est qu'elles ne trouveraient jamais personne. Enfin, personne de sensé ne viendrait s'enterrer à Sainte-Croix-les-Vaches, qui plus est hors saison. Qu'à cela ne tienne. Elles allaient payer. Proposer une bourse. Toujours sur les fonds alloués à la Culture, dont personne ne savait trop quoi faire. Elle avait encore checké la veille, il restait un gros fond de caisse qu'elles pouvaient récupérer. Elles auraient certes les losers, ceux qui ne crachaient pas contre deux mille euros pour trois mois de présence, en échange d'une participation active à la vie locale, mais c'était mieux que rien. En précisant le casting, en orientant les choix, on aurait vite « à l'image » l'impression que Sainte-Croix était un bouillonnement fertile inouï. Et si elle allait voir Xavier Niel ? Avec sa halle de start-up ? Faire une Station F hors les murs ! Ils cherchaient des projets « *no bullshit* », de vrais « *game changers* ». Avec les loups, ils avaient leurs chances. Par moments, elle arrivait presque à se convaincre elle-même. Le matin, en se maquillant, avant le conseil municipal, elle avait dit à Jeanne, hyper-sérieusement : « C'est quand même génial, son projet. C'est hyper éco-conscient. Ce type a tout compris. » Avant qu'elles n'éclatent de rire toutes les deux, pliées.

– Si l'on paye, cela n'est pas suffisant ? La Région a toujours besoin d'argent.

À quoi ça servait dans ce cas qu'il finisse d'épuiser le trésor de Monré ? Qu'il s'échine à faire pousser ses tonnes de beuh ?

– Comment ça, que vous payez ?

– Que Sainte-Croix paye. Une partie des terrains appartient à la Région. On leur rachète.

– Vous les rachetez avec quoi ?

Depuis un moment, elle se demandait quel était le modèle économique. D'après ce qu'elle avait lu, ce qu'on lui avait dit, les paysans, en tout cas ceux de Sainte-Croix, vivaient chichement. On parlait de quelques centaines d'euros mensuels pour subsister. Cela ne semblait pas être le cas pour Thomas, et même pour les autres. Ils n'avaient pas l'air pauvres. Ça sautait aux yeux.

– On a un investisseur privé.

– Un investisseur ?

– Des Chinois !

– Des Chinois ????!!!!!

Qu'est-ce que c'était que cette histoire ? Des Chinois ???? Mais il les sortait d'où ?

– C'est un Chinois très riche. – Justin, enfonçant bien le clou.

– Il aime beaucoup le terroir. — André, récitant la leçon avec conviction.

Il veut investir dans le fromage. — Médée, déraillant franchement.

Aussitôt Thomas sut qu'il avait fait une connerie. Comme quand il avait proposé un prix fou à l'Écossais.

– Mais il est venu quand ? Comment vous connaît-il ?

C'était un coup de théâtre, complètement imprévu. S'il y avait des investisseurs chinois dans la boucle, cela compliquait tout. Quand elle bossait pour Jean-Pierre, Sheila avait eu l'occasion de suivre une affaire de reprise de site industriel, où des Chinois se portaient repreneurs. Cela avait été un mic-mac sans fin, pour, en définitive, un retrait complet des pouvoirs publics et une fermeture piteuse du site.

– Pourquoi, ce n'est pas bien ? S'il paye ?

– C'est souvent plus compliqué que ça.

– Mais si l'argent est sur un compte.

– Il est sur un compte ?

– Oui, déjà en partie.

– En France ?

– En Andorre.

– Vous l'avez vu ?

– On a fait une société d'économie mixte.

– Vous avez fait une société d'économie mixte ????

– Enfin, on est en train de la constituer.

Là, il se passa une deuxième chose qui déstabilisa Sheila, et Jeanne aussi, dans une moindre mesure. C'est qu'un portable sonna. Il était toujours discourtois de ne pas mettre son téléphone sur vibreur pendant une réunion, mais c'était encore beaucoup plus impoli de le laisser sonner dans une zone où il n'y avait pas de signal. D'ailleurs, Sheila mit quelques minutes à réaliser ce qui la gênait. Cette sonnerie, qui sortait de la poche du maire, qu'il faisait semblant de ne pas entendre, avouait une chose : il y avait bien du réseau à Sainte-Croix. Du coup, entre ce Chinois mystérieux et cette manifestation de la modernité, là où elle pensait qu'il n'existait au mieux que des signaux de fumée ou un tam-tam, elle ne savait plus trop sur quel pied danser. Elle essaya de garder une contenance (elle était filmée), de ne pas laisser planer d'équivoque sur le fait que c'était elle qui avait les cartes en main, qu'elle et Jeanne étaient, était-il besoin de le préciser, en mission sauvetage chez des indigènes, mais quelque chose se fendilla légèrement. Une légère brèche dans le scénario bien huilé qui jusqu'à présent se déroulait pourtant à la perfection.

– Dès qu'il y a des investisseurs étrangers, c'est tout de suite problématique. Il y a eu beaucoup d'abus, de promesses non tenues, de miroirs aux alouettes par le passé, pour qu'une région envisage un apport extérieur de cette nature sereinement.

On se sépara là-dessus. Comme le souligna Jeanne, c'était déjà pas mal pour le moment. Chacun avait pris ses marques et, dans le fond, ils n'avaient pas dit non à la réquisition des maisons pour les fab-lab. Les deux filles se replièrent dans leur QG, la maison de la sorcière, pour débriefer.

– Faut qu'on creuse cette histoire de Chinois, qu'on ne se retrouve pas en porte-à-faux avec les décideurs.

– Peut-être qu'il bidonne.

– Que le Chinois n'existe pas ? Pourquoi ferait-il ça ? C'est probablement vrai. S'il a de l'argent, il faut bien que quelqu'un le lui ait donné. Sinon d'où viendrait-il ?

Le soleil tardait à se coucher. C'était l'été. Le brouillard qui était descendu de la montagne la veille s'était totalement dissipé. Au loin, on voyait le tout début des Causses, quelques formes de silhouettes sculptées par les rochers. Peut-être que c'était vrai. Peut-être y avait-il vraiment des gens dedans. Sheila adorait ce genre d'histoire. Jeanne aussi. Cela les avait toujours fait triper. Chez les garçons, il y avait comme une divergence de points de vue à propos de la stratégie à adopter.

– T'as l'air malin, avec ton Chinois !

– C'est pas mon Chinois.

– Si, c'est ton Chinois. C'est toi qui le connais. C'est à toi qu'il a donné l'argent. C'est ça, le baratin que tu tiens.

– Nous, on n'est pas au courant.

– Moi, je l'ai jamais vu, ton Chinois, si elles me demandent.

– Vous n'allez pas commencer.

– Comment on va faire, si elles veulent le voir en vrai ?

– Je dirai qu'il m'a donné un pouvoir.

– On peut toujours en prendre un à Marseille ou à Lyon.

– Et dire qu'il a eu l'accent du Midi par contagion, tellement il est fan !

Thomas avait les mains qui le démangeaient. Signe d'énervement. Personne ne se rendait compte de la pression que c'était d'être maire.

– Et ton portable qui sonne, c'était quoi ?

– Il y a un Roumain qui s'est blessé. Faut que je monte voir.

– J'ai pas compris son truc de résidence. Elle veut que des gens viennent à Sainte-Croix ?

– Dans les maisons ? Ça va être bizarre.

– On ne va pas les garder fermées tout le temps. Toutes sombres et toutes moisies.

– Attention, là, c'est une grosse décision.

– Vous voyez les choses comment ? Moi aussi, je préférerais qu'on soit pas envahis.

– Oui, c'est ça, le but. Si on fait tout ce bazar pour pas avoir une route et le lendemain un fast-food, c'est pas pour en avoir d'autres qui viennent squatter le village.

– On ne va peut-être pas s'emballer. On n'y est pas encore. Tu vois des artistes venir se les geler ici ? L'été, encore, mais l'hiver ? Ça m'étonnerait qu'elle en trouve beaucoup.

Thomas avait un moment d'absence. Perdu dans un demi-brouillard il se demanda, dans l'hypothèse où il se marierait avec Sheila, si, en tant que maire, il pouvait se marier lui-même.

– La Jeanne, elle m'a demandé si on était oppressés par les contrôles, les mesures administratives.

– Tu lui as dit quoi ? Que c'est nous qui les oppressions ?

– Non, j'ai dit ce qu'elle voulait entendre. Qu'ils nous traquaient. Qu'on pouvait même plus fabriquer notre fromage parce qu'ils trouvaient des bactéries dedans. Que c'était la misère. Elle m'a dit que c'était bien pour le film.

– Faut que t'arrêtes avec la Jeanne.

– Je fais rien de mal. J'accepte rien quand elle veut que je boive un verre avec elle. Elle peut pas me « philtrer » comme ça.

– Tu veux la coucher.

– Bien sûr que je veux la coucher. T'as vu les seins qu'elle a ?

Le seul qui ne participait pas, c'était Médée. Il était soucieux.

– Fallait pas parler des Causses. Ça fait partie des secrets. Le Vieux l'a toujours dit. Les secrets, c'est les secrets, sinon ils seraient pas secrets.

– J'ai rêvé du Cerf noir.

– …

– Il partait, Médée. Il me disait que c'était la fin de quelque chose. Qu'on était déjà des survivants.

– Il partait ? Des Causses ? Et qui pourrait le remplacer ? Un robot avec des ramures qui ferait des fausses crottes en plastique, peut-être ?

IL FIT SONNER SES TROMPETTES…

– 9 –

La nuit est tombée sur Sainte-Croix-les-Vaches. Village perdu. Fantômes garantis. Réserve naturelle. Pas tant des loups que de la France des années cinquante. Et des loups, oui, bientôt ! Parce qu'une députée courageuse ! Parce que des fab-lab (orientés urbain/rural) ! C'était ça, le concept ! Avec un topic pareil, on pouvait accrocher des journalistes, emmener les troupes. Sheila, qui n'arrive pas à dormir, se déroule la stratégie. Elle voit les scènes, agence son discours, essaie de projeter tout ça dans le temps. À Paris, c'est la foire d'empoigne, les nouveaux députés sont au taquet. Le gros de la troupe, trop occupé à réaliser ce qui lui arrive : « Député ? Moi ? À l'Assemblée nationale ? Représentant du peuple ? À cinq mille boules par mois, plus le train gratuit, plus les frais ? » Mais une autre partie – ce qui fait quand même beaucoup – voit déjà plus loin, essaie de se faire une place, de pérenniser l'aubaine. Tout est bon pour se faire remarquer. Pugilat sur un marché avec un élu PS. Grande déclaration. Journaux féminins – qui sera la nouvelle héroïne ? Positions extrêmes. Menace de se désolidariser.

Sheila voit différemment. Une fois la première vague passée, il restera les actes. « Pendant que vous posiez pour *Cosmo* ou *Biba*, pendant que vous faisiez le beau dans *Society*, je réglais un problème de fond. Non, rien de vraiment important. Juste l'articulation ville-campagne, la résurgence du passé, des loups, vous savez, ces trucs avec des dents et une queue ? Et, au fait, la malbouffe, vous en êtes où ? Vous pensez comment demain, notre futur ? Par un acte courageux d'achat d'une laitue bio chez Naturalia ? Désolé, mais En Avant !, pour moi, ce n'est pas Reculer mieux. »

No bullshit. Game changers ! Il lui fallait un philosophe. Quelqu'un qui pense l'ensemble, qui soit capable de l'énoncer en termes clairs. Des phrases qui sonnent. Des évidences, l'air complexe, mais que tout le monde comprendrait instantanément. Jeanne avait eu Onfray. C'était l'homme de la situation. Il allait venir raconter ses histoires d'anguilles, de cosmos, ou les souvenirs avec son père. Dialogue entre lui et Thomas. Là, c'était gagné. Plusieurs centaines de milliers de vues sur YouTube garanties. Le début de quelque chose. Pour l'instant, le philosophe bottait en touche, proposait un de ses « étudiants », sociologue. Avec peut-être quand même une possibilité de faire un aller-retour dans la journée.

– On fait des scènes avec son sociologue, qu'on monte ou pas selon si c'est réussi, et quoi qu'il en soit on bastonne quand Onfray vient. On fait quatre heures d'entretien dans lesquelles on peut piocher. Et on le shoote dans tous les décors.

– Pas mal devant la pancarte Sainte-Croix.

– *In fine*, on pourrait d'ailleurs avoir tous les intervenants, qu'on mette autour.

– Comme une crèche un peu, alors, avec aussi une vache ?

– Voire un loup.

– Ou un loup et une vache ?

– C'est pas compliqué, ça, techniquement ?

– On ne les shoote pas en même temps. On le fait sur Photoshop.

– Il demande combien pour venir, Onfray ?

– Rien ! Mais il voudrait qu'on investisse dans un projet d'université populaire dans la Meuse.

– Super ! Ça se raconte, ça aussi ! Des cercles vertueux ! On le passera sur le budget du film de toute façon.

Et pendant que Sheila, saturée de l'adrénaline de la conquête du pouvoir et de la notoriété politique, n'arrive pas à trouver le sommeil, Jeanne rêve à des éléments de langage, à son dernier amant, le type avec qui elle a eu une histoire en arrivant, le représentant syndical (Gregory Fremeaux ou Cameaux, elle ne se souvient déjà plus de son nom) qu'elle a été obligée d'éconduire dès le lendemain de l'élection. Il lui envoie des textos, auxquels elle ne répond pas, qu'elle ne lit même pas (désolée, pas de signal à Sainte-Croix), et dans son rêve les éléments de langage flottent dans l'air (abstraits, diffus), puis Grégory Cremeaux, puis l'écran du smartphone, et un texto, mais c'est illisible. Ce ne sont pas les bons éléments de langage !

Un peu plus loin, au centre du village, dans le presbytère, Daphné s'est barricadée dans sa chambre. Maxime est sympa, mais un peu lourd, elle n'a aucune envie de baiser avec lui. Elle l'entend qui rôde dehors, en train de fumer du cannabis. Elle a horreur de l'herbe, ça l'angoisse et la fait flipper. Son père lui a demandé de jouer le jeu, comme une expérience. C'en est une. Elle n'a jamais vraiment été « à la campagne ». Ses vacances, c'était plutôt le Cap-Ferret, où ils ont une maison de famille. Sa grand-mère n'est pas une vieille paysanne au visage ridé, mais une antiquaire, du Louvre des Antiquaires. Pour l'instant, elle trouve tout ça plutôt marrant.

Les autres habitants de Sainte-Croix – le peu qu'il en reste – dorment eux aussi. Seul Thomas est encore sur le pont. Au volant de la jeep, il monte vers le « refuge ». Il y a un problème. Il ne sait pas lequel. D'habitude, avec les Roumains, il est tranquille. Ils savent se gérer. Le smic en Roumanie est de quelques centaines d'euros. Il les paye quatre-vingts euros par jour. Cent dix quand c'est pour de la beuh. Logés, nourris, et une des Roumaines est préposée à l'intendance. La télé grand écran, Internet par satellite. Mais, cette fois, il fallait plus de monde. Il y a des Roumains qu'il ne connaît pas, qui ne font pas partie du petit groupe de ceux qui se sentent chez eux, avec qui il fait affaire depuis des années, qui sont devenus presque des amis, de la famille, des cousins. Le soir de l'arrivée, la bière a coulé à flots. Un des nouveaux a commencé à monter le bourrichon aux autres, cent dix euros pour récolter de la drogue n'était pas assez.

Et ça s'est fini en bagarre, un des anciens prenant la défense de Thomas.

Quand il arrive, l'ambiance est morose. L'agitateur s'est pris un coup de couteau dans le ventre, dans la cuisse, et saigne, couché sur un lit. La préposée à la cuisine est en train de lui mettre des pansements. Thomas vérifie que les blessures ne sont pas graves. Le Roumain le voit en contre-plongée, un mètre quatre-vingt-dix-huit, et surtout les mains. Elles doivent faire trois ou quatre fois des mains normales. Le père avait les mêmes, et le grand-père aussi. C'est Thomas qui en a hérité. Benoît, son cousin, était aussi costaud, des gros battoirs, mais pas comme Thomas. Thomas, c'est spécial, presque une difformité. Il paraît que l'arrière-grand-père couchait le taureau en le prenant par les cornes. Thomas peut-être pas, mais adolescent il s'amusait avec Justin et Benoît à chasser le sanglier à mains nues, à le finir au couteau. C'est une des raisons pour lesquelles il n'a quasiment jamais eu de problème avec les autres voyous, ni avec la justice d'ailleurs. Le secret de sa survie. Aucune violence. Aucune attitude agressive ou menaçante. La force tranquille. La vraie. Ajoutée, bien entendu, à sa volatilité. Le moins possible de contact avec le milieu. Le moins de rendez-vous dans les endroits chauds. On dégage immédiatement l'opération une fois la livraison effectuée. Monré était formel là-dessus.

– Tant que tu restes l'homme invisible, tu ne risques rien. C'est du velours.

Il avait toujours suivi le conseil. Sauf avec Gorillaz récemment. Pour les cinq tonnes de beuh, il avait été obligé de se montrer plus. Des lieutenants du caïd l'avaient vu. Des jeunes. Des qui pouvaient parler. Il était peut-être passé devant des caméras. C'était un risque. Et maintenant, le Roumain qui saignait…

– Le problème, c'est de ne pas se faire accrocher. Si tu ne t'es jamais fait accrocher, ils ne pensent pas à toi. Sinon, après, c'est cuit. Surtout maintenant, avec l'ADN, la traçabilité des portables, le fichier informatique, constatait Monré.

Thomas avait demandé à ceux qui étaient là de dire ce qu'ils voulaient. Ceux qui voulaient rentrer le pouvaient. Il leur donnerait un dédommagement. Un des Roumains traduisit à ceux qui ne parlaient pas français. Personne ne souhaitait arrêter le travail.

– Lui, par contre, il s'en va.

Le blessé fut porté jusqu'à la jeep. La fille préposée à l'intendance mit des sacs-poubelle au cas où la blessure se rouvrirait et que du sang coule, pouvant tacher les vieux sièges. Thomas ressentit alors une sensation bizarre, une impression de dédoublement, un souffle chaud qui l'enveloppa et qui n'était pas que le déplacement de l'air dans la chaleur de juillet. Le Roumain blessé lui apparut comme une chose mauvaise, non pas en lui-même, mais par la place qu'il occupait, le signe qu'il représentait : l'irruption du conflit et de la discorde dans un espace qui en avait toujours été exempt, et il comprit que le Royaume entrait dans une nouvelle ère. Et qu'il ne pourrait pas préserver les « temps anciens ».

Il essaya de ne pas avoir peur, de considérer cette perspective comme un cadeau, la promesse d'une évolution, mais il n'y arriva pas. Il pensa que la main de Dieu était sur lui, et cela l'inquiéta. Ils descendirent en jeep, le gars sur ses sacs-poubelle, se tenant le ventre (blessure sans gravité, juste le gras du ventre qui avait été coupé, et une petite entaille dans la cuisse), le visage recouvert de son bandeau. Si Sheila était sortie de la maison de sa grand-tante au moment où ils passaient devant, elle aurait eu une sensation de déjà-vu. La manifestation de son inconscient, une seconde fois. Cette espèce de voiture fantôme roulant dans la nuit, conduite par Thomas, qu'elle associait de plus en plus à l'image de son père. Était-ce sa silhouette ? L'impression de force qu'il dégageait ? Ses mains ? Son air de nounours ahuri. Mais elle ne sortit pas. Et Thomas passa devant la maison sans que personne ne se manifeste, le téléphone collé à l'oreille, réveillant Justin qui, comme un bienheureux, rêvait de Jeanne.

– On a un petit problème. Il y a eu une bagarre chez les Roumains.

– Grave ?

– Non, mais j'en ramène un à l'aéroport. Va voir s'ils se sont calmés.

– À ce point-là ?

– Certains voulaient se mutiner. Pour qu'on les paye plus.

– Je monte avec le fusil, alors ?

– Non, je ne pense pas que ce soit la peine. Dis à André qu'il prenne le billet sur Internet. C'est celui qui s'appelle Stephan. Il a toutes les identités, normalement.

– Et s'il va baver aux flics, s'il se plaint au moment d'embarquer ?

– Il ne le fera pas.

Avec Stephan, ils attendirent en silence que le jour se lève pour pouvoir décoller avec l'hélico. Thomas n'avait pas envie de faire la route en voiture. Thomas lui donna cinquante euros pour le dédommager, et le Roumain accepta le billet. Comme il avait dessaoulé, il devait maintenant regretter d'avoir loupé une pareille opportunité professionnelle. Ils mirent le cap sur Satolas, soleil rougeoyant sur les montagnes, lumière chassant les ombres, pales de l'hélico qui découpent des tranches de vide. Anges, peut-être, au cœur des nuages. Thomas soucieux, pendant que Justin monte surveiller les travailleurs détachés rebelles, qu'André s'occupe de la réservation, en passant par le dark Internet. Pas de traces, jamais de traces. Nous n'existons pas vraiment, nous sommes à la lisière, nous aimons cultiver la terre et choyer des taureaux. Vous ne vouliez plus de nous, vous vouliez nous hacher menu, mais nous survivons. Nous sommes le reste d'un souvenir, et nous ne voulons pas mourir. Thomas se raccroche à ça, à la légitimité de ses actes, mais il se sent bizarre. Le visage de Sheila vient lui cogner le cerveau, comme une boule de billard. Cela fait un grand clac, comme quand la blanche explose le triangle de boules, au moment de la casse, dans la deuxième salle chez Bello, où sont le billard américain et le flipper.

L'image se répète de nombreuses fois, tel un disque rayé, mais il chasse ce mauvais larsen. André le rappelle pour lui dire que c'est bon, le billet est réservé, et que Justin vient de rentrer, les Roumains sont au travail. Il y a aussi un message du « Boula » – André et Justin s'entêtent à appeler Gorillaz le « Boula ». Le caïd veut revoir Thomas pour régler les derniers détails. Thomas dit qu'il n'a qu'à venir à Lyon aujourd'hui, il y sera. Il avait prévu de toute façon de profiter du voyage pour passer chez ses amis et mettre au point le dispositif. Dans ce qui est envisagé, la marchandise est consignée chez eux (ils prennent trente centimes du gramme pour la livraison et le conditionnement, ils font faire ça par des jeunes désœuvrés des cités alentour), la moitié de la somme (un million d'euros) payée cash, l'autre par tranches. Les Marseillais se faisant livrer au fur et à mesure, Thomas ne fournissant que les étiquettes beuh bio, avec le sigle AB, préparées par André à l'imprimerie. Tout est sous contrôle. Thomas ne comprend pas pourquoi Gorillaz veut le revoir. Du coup, Monré, l'ectoplasme protecteur, s'en mêle.

– Fais gaffe, je sens que le négro veut te la mettre.

– Il n'y a pas de raison, Monré, il a besoin de nous.

– Tu ne les connais pas. À Marseille, ils ont tous le vice collé sous les ongles. Pourquoi tu crois qu'ils passent leur temps à s'entretuer ?

Thomas occupe le début de sa journée comme un chef d'entreprise, à vérifier que tout est bien au point. Ils vont descendre la beuh dans une grosse bétaillère, un taureau en avant, certificats vétérinaire OK, la cargaison cachée dans le fond, derrière des ballots de paille, permis de chasse en règle, fusil à portée de main. Justin faisant l'ouvreuse, armes dans le coffre, permis de chasse en règle aussi. Il est convenu que Gorillaz et ses lieutenants soient présents pour la première livraison. Les Lyonnais seront là aussi. Thomas pense que, si ça tourne mal, ça peut finir en carnage. Mais non, cela se passera bien. Une fois la pompe amorcée, cela devrait même rouler comme sur du papier à musique. Royaume sauvé. Horace de retour. Sheila, sorcière ou pas, enthousiaste sur la réserve des loups. Appui de la députée. Donc tout va bien. Tout ira bien. Bénédiction d'un saint, protection des dieux.

Thomas, qui n'a pas dormi de la nuit, se sent absent, traversé d'un voile d'angoisse qui ne lui ressemble pas. Ses amis ne sont pas là. La mère s'excuse, lui explique qu'ils attendaient un renseignement pour monter sur une affaire, qu'ils devraient être de retour sous peu, mais qu'ils ont laissé des consignes. Tout est prêt. La cache où doit être entreposée la beuh déjà sécurisée. Et les jeunes qui vont faire l'emballage déjà recrutés.

– Et pour la descendre à Marseille ?

– C'est trois heures de route. Des petites quantités à chaque fois. Au pire, on perd quelques kilos sur un coup de malchance. Le point de vente téléphone le matin, à midi ils sont livrés.

Le caïd arrive en fin d'après-midi, en retard, ce qui agace Thomas, qui doit repartir en hélico avant la nuit. Le caïd a un problème.

– Je pourrais mettre que deux cent mille cash sur la première livraison.

– Ce n'est pas ce qu'on est convenus.

– Je sais, mais là, j'ai que deux cent mille cash.

Il y a un instant de silence. Monré apparaît dans un coin de la pièce, mais il n'a pas le temps de donner son avis. Thomas est déjà en train de répondre.

– Non. Je préfère brûler la récolte.

Gorillaz le fixe, interloqué. Avec quelqu'un d'autre, il insisterait certainement, ou penserait que le type bluffe. Pas là. Ça se voit que ce n'est pas le cas. Alors il rit, en secouant la tête, pour montrer à Thomas qu'il tentait le coup, juste au cas où, mais que, bon, ce n'est pas grave.

– Tu veux brûler une tonne de cannabis ?

– Il y a plus d'une tonne. On est convenus que tu en prenais cinq.

– C'est ce que je vais faire.

Thomas ne commente pas. Il fait craquer ses mains. Gorillaz les regarde. Il sourit encore. Il aime bien le pécore. Il pourrait le trouver sympathique. Il a de grosses mains.

– T'inquiète pas. Je vais m'arranger. J'ai un problème de trésorerie, mais je peux essayer de te donner cinq cent mille.

– Non.

– Sept cent ?

– Non. Je préfère la brûler. On a dit un million à la livraison. Un accord, c'est un accord.

Le caïd secoue la tête, il regarde Thomas. Son lieutenant ne dit rien. Thomas, le « pécore ». Avec l'accent, cela donne le pééécoooreu. La beuh du pééécooreuuu.

– OK, finit par dire Gorillaz. T'auras le million à la livraison. Et le reste par petites tranches, comme on avait dit. Un accord, c'est un accord.

Ils se serrent la main. Celle de Gorillaz toute riquiqui dans celle de Thomas, et le lieutenant à côté hochant la tête, ne sachant pas si son chef a perdu la face, ou si c'est de la diplomatie, vu l'importance du bizness en cours. Thomas repart vers sa campagne juste avant la nuit, survolant la valle du Rhône, l'esprit brouillé, Monré à côté de lui le fustigeant de son aveuglement.

– Ce type, ce Gorillaz, est un baltringue, un type dangereux, pas de parole, pas de figure ; il court à sa perte.

– De toute façon, c'est Gorillaz qui est pieds et poings liés, il a envoyé paître les Marocains, il a besoin de matos, rétorque Thomas.

– J'en ai vu plein, de ce genre de connards. Ils se sentent plus, ils roulent des mécaniques, et au final ils attirent les poulets sur tout le monde, le smashe le fantôme.

Quand il arrive sur le petit aérodrome – l'endroit est quasiment désaffecté, il sert juste à quelques amateurs qui font du planeur, à de rares avions de tourisme –, il va faire nuit. Comme la lune se lève, le ciel est clair, Thomas décide de pousser jusqu'en haut de la montagne, pour ranger l'hélico dans le hangar, plutôt que de le laisser sur le terrain de l'aérodrome. Aussi pour voir ce que les Roumains ont foutu. Si le début de la récolte se passe bien. Il faut trier les têtes, enlever les feuilles, les installer comme des bébés jolis pour qu'elles sèchent parfaitement, mais pas trop, pour garder le côté collant, plein de pollen, qu'affectionnent les fumeurs.

Il fonce donc vers Sainte-Croix, pris aussi d'une envie de survoler la maison de Sheila, de pas trop près, pour qu'elle ne le voie pas si elle était dehors, et il pense à elle, il sait, autant se l'avouer, qu'il s'en fiche qu'elle l'ait « philtré ». Il a un faible pour elle, un gros faible même, il serait d'accord pour lui proposer quelque chose, de partager Sainte-Croix par exemple, qu'ils règnent tous les deux et, alors que la maison est en vue, il s'aperçoit que la jauge d'essence est quasiment à zéro. Il y avait un problème de durite, Justin l'avait réparée, mais la jauge descend encore, et il voit arriver le moment où il va se crasher, alors il se pose, en catastrophe, à quelques centaines de mètres de la maison de la sorcière, de la maison de Sheila, dans un petit pré, décapitant au passage un bosquet, dans un fracas de tonnerre qui donne l'impression que cent mille démons viennent de s'écraser.

Que la guerre est là.

ET LA MONTAGNE EN TREMBLA...

– 10 –

– C'était quoi ? — Sheila, réveillée en sursaut.

– Putain, je ne sais pas. On aurait dit une explosion. — Jeanne, flippée.

– Ça va ? Qu'est-ce qui s'est passé ? — Daphné, arrivant en courant.

– On ne sait pas. On a entendu un bruit d'apocalypse, et comme des trucs déchiquetés.

– Moi, j'étais dehors en train de fumer un pet', j'ai vu un truc noir dans le ciel descendre, mais j'ai pas vu ce que c'était. — Maxime, arrivant aussi, en caleçon, témoin direct de l'événement.

– C'est peut-être un ovni ? — Daphné, en plein *X-Files*.

– Ça fait flipper.

– Il faut qu'on aille voir ! — Maxime, faisant l'homme.

– Certainement pas.

– Et s'il y a quelqu'un de blessé ?

– C'est juste là. Derrière le bosquet d'arbres.

– Merde, c'est quoi ? — Sheila, interloquée.

– C'est pas un ovni. — Daphné, dans la constatation.

– C'est un hélico.

Posé comme ça, on dirait un gros insecte.

– Le pilote a peut-être fait un malaise ?

– Attends, je vais voir.

– Maxime, tu n'y vas pas !

– Ça peut exploser.

– En même temps, il n'y a pas de fumée.

– Je filme, on ne sait jamais.

– Il n'y a personne à l'intérieur.

– Les portes sont fermées à clef.

– C'est un hélico de l'armée.

– C'est zarbi quand même.

– Regarde, il y a des gens qui regardent.

– Merde, c'est qui ?

– C'est les voisins.

– Les voisins ?

– Il y a un couple de petits vieux, dans la maison après le tournant.

– S'il vous plaît ?

– Excusez-nous, vous savez ce que c'est ?

Mais aucune réponse. Alors que la lune est montée dans le ciel, que la silhouette de l'hélicoptère se détache dans l'ombre des arbres, le couple de petits vieux – allure de fantômes, inquiétants et sombres – tourne les talons et disparaît, sans un mot ou un commentaire, ajoutant encore à l'étrangeté de la scène. Finalement, Sheila obtient que tout le monde se replie, elle ordonne qu'on regagne sa chambre et qu'on se recouche, ce n'est certainement rien, il doit y avoir une explication toute simple, que Thomas ou une autre personne concernée leur donnera demain, en attendant, dodo ! Mais impossible de dormir ; avec Jeanne, elles étudient toutes les possibilités, et le matin, dès l'aurore, parce qu'elle veut en avoir le cœur net, Sheila fonce loin de Sainte-Croix, dans une zone où il y a de la 4G – à soixante-deux kilomètres exactement, et encore, le signal n'est pas fameux, ce n'est que de la 3G, faiblarde – et elle skype avec Jean-Pierre, à qui elle raconte, inquiète, l'incident. Jean-Pierre fait partie de plusieurs commissions en rapport avec la Défense. Il la prend d'abord un peu de haut. Mais, quand elle lui explique ce qui se passe, il change de ton.

– Un hélico sans pilote ? En pleine nuit ?

– Oui.

– OK. Tu n'as rien vu. Rien entendu. Ça peut être très grave.

– Tu crois que c'est quoi ?

– À 99 %, des essais de l'armée.

– C'est ce que je pensais.

– Je sais qu'ils testent des drones.

– Et le camp du Larzac n'est pas très loin.

– Le problème, c'est qu'ils font des trucs un peu *border*, sans forcément être casher par rapport à la législation, mais avec ce qui se passe, la menace islamiste, on ne va pas leur chercher des poux dans la tête. Tant qu'il n'y a pas de publicité.

– Qu'est-ce que je fais ?

– Tu ne bouges pas. T'es pas au courant. Ils vont certainement venir récupérer leur truc dans la journée. Le mieux serait que tu ne sois pas là.

– Ils peuvent me faire quoi ?

– Rien, mais ce n'est pas la peine de s'attirer des ennuis bêtement.

Quand elle repart vers Sainte-Croix, Sheila en a presque la colique. Elle a du mal à respirer. La tête lui tourne. C'est idiot, mais elle se fait un flip. L'armée. Avec tout ce qui se passe en ce moment. Ils sont capables de tout. C'est notoire. Mais non, c'est idiot. Elle est députée. Comment pourraient-ils ? En même temps, si ce sont des expériences interdites...

Du côté de Sainte-Croix, on a une autre lecture des événements. Les garçons sont chez Médée. Décor qui ne paie pas de mine. Quelques livres de sorcellerie. Étagère en formica. Vieille télé en noir et blanc. Mais des œufs. Des œufs partout. On dirait une crémerie, avec des œufs tous différents. Et si on regarde mieux, posés dans les coins, des animaux dans des bocaux de formol. Thomas est assis à la table, ses grosses mains posées à plat, essayant d'être calme et au clair avec son esprit. Médée le « consulte ».

– T'as ressenti quoi exactement ?

– Quand j'ai vu que la jauge était presque à zéro ? J'ai eu peur. Je me suis dit qu'il fallait que je me pose.

– Non. Avant. Quelles images t'as eues ?

– Juste avant ?

– Disons, la journée d'avant.

– Je voyais une boule de billard qui en heurtait d'autres. Comme quand on casse le triangle, sur le billard chez Bello.

– C'est tout ?

– Il y avait son visage dans la boule.

– Le visage à qui ?

– À Sheila.

– T'as pensé à elle érotiquement ?

– Un peu. J'ai eu aussi une sensation de dépersonnalisation.

– À quel moment ?

– Quand j'étais en haut de la montagne, au refuge, avec les Roumains.

– Au moment où le Roumain était blessé ?

– Oui.

Médée a sorti son pendule. Il a son jeu de cartes aussi. Pas des Marseille. Des Madame Lenormand. Comme il a déjà « carté » les filles, cela va donner des renseignements complémentaires.

– D'abord, elle a fait couler le sang. Ensuite, elle t'a aimanté.

– Elle m'a aimanté ????

– Comment tu crois que l'hélico s'est posé à ses pieds ? Par un miracle du petit Jésus ?

– Paix à sa lumière.

– Et la durite, je l'avais changée, j'ai même gardé l'autre, heureusement, pour que tu voies. — Justin, ajoutant une pièce à charge.

– Elle m'a aimanté comment ? — Thomas, flippant vraiment.

– Par sa force du ventre de femelle. Tout passe par là, toujours.

– Elle t'a « philtré » à la mouille ! — André, répétant l'évidence, choqué.

– Moi, elles ne m'ont pas « philtré », comme ça, Jeanne, elle ne m'aimante pas. — Justin, convaincu de son invincibilité.

– En attendant, il faut qu'on récupère l'hélicoptère. — André, pragmatique.

– Je vais y aller en douce, remettre une bonne durite et de l'essence, et après tu décolleras. — Justin, à Thomas.

– On va dire à la Chouette qu'elle les occupe. — André, stratège.

– Elle n'a qu'à leur faire un gâteau au chocolat.

– Pourquoi un gâteau ?

– Un gâteau, c'est pacifique, ça apaise l'énergie. C'est Médée qui l'a dit. Hein, Médée ?

– Pourquoi pas une tarte ? — Justin, essayant de comprendre la logique.

– Non, un gâteau, c'est bien. Parce qu'il va y avoir des influx morbides. Depuis qu'elles ont rouvert les volets de la maison, la mort rôde. Je le sens. Le chocolat, c'est l'enfance, c'est la douceur, c'est rassurant. — Médée, ayant le dernier mot.

Quand Sheila revient à Sainte-Croix, c'est donc pour trouver tout le monde à la mairie, en train de déguster un moelleux au chocolat, Daphné et Jeanne la prenant à part, l'hélico a redécollé sans crier gare, elles n'en ont pas parlé à la Chouette, ou plutôt elles ont essayé d'en parler, mais la Chouette ne leur a pas répondu. Comme si elle n'entendait pas. Comme si l'hélicoptère n'existait pas. Moment de flottement. Regard de la Chouette bizarre. Elle les met presque dehors. Retour dans la maison de Sheila. La panique se répand comme une grosse tache de sueur qu'on n'arriverait pas à endiguer.

– C'est super-grave. Des essais ultra-secrets de l'armée. Jean-Pierre me l'a confirmé.

– Carrément ? — Daphné, choquée.

– Oui. Il me conseille de ne pas rester là aujourd'hui. Ils peuvent venir vérifier ce qu'on a vu.

– Et alors ? — Maxime, bravache.

– Et alors ??? Mais enfin, Maxime, tu sors d'où ? C'est des essais secrets. Probablement interdits. — Sheila, stupéfaite de tant d'inconscience.

– Ils ne vont pas nous faire disparaître comme dans un film.

– Je crois que tu n'es pas au courant de ce que peut faire l'armée. — Jeanne, grave.

– Cinq personnes qu'on retrouve dans un ravin, même avec une récente députée, tu crois que ça provoquerait un scandale d'État ? — Sheila, dans le film d'horreur.

– C'est vrai. Mon père me l'a dit. L'armée, ils sont capables de trucs hyper-chelou. — Daphné, participant à la théorie du complot.

– Qu'est-ce qu'on fait ?

Sheila se demande si elle doit se ceindre de son écharpe d'élu. Non, ce serait ridicule.

– Et si tu te mets ton écharpe d'élu ? Comme ça, s'ils nous regardent à la jumelle, ou avec d'autres drones, ils verront que t'es députée. — Maxime, maintenant en télépathie paranoïaque.

– Justement, c'est encore pire. Ils penseront qu'elle peut demander une commission d'enquête. — Jeanne, basculant dans la psychose.

– On s'emballe un peu, non ? — Maxime, essayant de revenir sur terre.

– Et pourquoi les petits vieux ont rien dit ? Pas une parole ? Pourquoi Martine fait semblant de ne pas entendre quand je lui en parle ? — Jeanne, montant d'un cran encore dans le brouillard anxiogène.

– J'ai filmé l'hélico ! Je vais l'envoyer en back-up à mon collectif de réalisateurs. S'il nous arrive quelque chose, ils sortiront le document !

– Maxime, tu vas effacer tout de suite les images ! — Jeanne, sévère.

– Je ne vois pas pourquoi. C'est aussi ma sécurité.

– Maxime, je te demande d'effacer ces images. Je suis peut-être en possession d'informations auxquelles tu n'as pas accès ! — Sheila, usant de son autorité d'élue.

Finalement, le gâteau au chocolat doit faire son effet, parce que tout le monde finit par se calmer, et l'on décide d'en profiter pour aller passer la journée à l'extérieur de Sainte-Croix. Sheila et Jeanne ont déniché un agriculteur en détresse. Une histoire tragique. Laissé pour compte, isolement, faillite. Plus de revenus, ferme en déroute, suicide possible, alcoolisme. Elles ont été alertées pendant leur tournée électorale, et c'est pertinent pour le doc d'avoir quelques images comme ça. Pour montrer la vraie réalité. Celle des paysans victimes, ceux qu'on laisse sur le carreau. Ce sera bien, cela servira le propos, parce que Thomas et Justin sont formidables, cinégéniques, mais pas assez au fond du trou, c'est évident. Ils respirent la santé (et même, disons-le, une sorte d'opulence), alors qu'il faut un peu de drama. Sans en faire trop, bien sûr, mais un peu quand même. Avec ce paysan, tout seul, qui n'a même plus de voiture, juste son tracteur pour se déplacer – tu te rends compte, sa voiture, c'est un tracteur, c'est génial, non ? –, cela mettra les choses en perspective. Quand ils arrivent, il n'y a personne. Le type n'est pas visible. Sheila, qui a appris quelques mots d'occitan pendant sa campagne, braille :

– *Monsur. Siam nousautre. Com' avetz ?*

C'est tout ce qu'elle a réussi à mémoriser, elle a un problème avec les langues. L'anglais aussi lui pose problème. Jeanne est plus douée.

– *Monsur. Venem vous adjudar.*

– Monsieur, c'est nous qui sommes venues avec l'assistante sociale l'autre jour.

La porte s'ouvre. Le type est là. Avec sa casquette de travers. Tout dépenaillé. « Filme, filme, il est parfait. » Maxime s'exécute. Pas de réaction du type, qui n'a pas l'air au mieux de sa forme.

– On est avec une petite caméra. On fait un film sur la région.

– Et les difficultés des paysans.

– On peut vous filmer ?

– Il faudra lui faire signer une autorisation.

– Je ne sais pas s'il comprend bien le français.

Le type grommelle en occitan, sort de la maison, leur fait plus ou moins signe de les suivre, le chien aboie derrière, leur saute dessus, « Il n'est pas méchant, monsieur ? », « Putain, on dirait qu'il a faim ». « Donne-lui le bout de pain au chocolat qui reste. » Ils arrivent à la grange. Là où le tracteur est garé. L'agriculteur monte dessus. Mais ne s'assoit pas sur le siège. Il se met debout sur le capot. À côté d'une corde qui pend, accrochée à la poutre au-dessus.

– *La solesa ! La solesa !*

– Mais qu'est-ce qu'il fait ?

– Putain, il veut se pendre !!!

– Monsieur, monsieur !

– *Solhardar. Solahardar.*

– Ça veut dire quoi ?

– Je ne sais pas. Je ne comprends pas.

– Monsieur, il ne faut pas faire ça.

– S'il se pend devant nous, c'est la cata !

– Monsieur, pensez à votre chien. Qu'est-ce qu'il va devenir sans vous ?

– *La solesa ! La solesa !*

– Qu'est-ce que ça veut dire, monsieur, vous pouvez nous le dire en français ?

– Je ne suis vraiment pas sûr qu'il parle français. On n'a pas un traducteur d'occitan, avec l'iPhone ?

– Ça capte pas.

Le type continue à vociférer. En fait si, il parle français, et ses revendications se font plus précises. Il ne veut pas qu'on le laisse. Il ne veut plus rester seul. La *solesa*, ça veut dire la solitude, et *solhardar* signifie saloperie. Et sa vie, c'est ça, de la saloperie et de la solitude. L'assistante sociale lui fait des promesses et après elle repart. Elle n'a pas voulu coucher avec lui. Il n'a jamais de femme. Jamais personne. Alors là, s'il ne s'en va pas avec eux, il préfère se pendre, tant pis pour son chien. Même si Maxime filme, même si Daphné est cramponnée à la mixette, pour bien tout enregistrer, même si Sheila et Jeanne évaluent le potentiel pour le doc – ce type debout sur son tracteur, avec sa corde, ça peut être pas mal, en même temps à double tranchant (c'est vraiment craignos comme scène) –, tous finissent par être pris par le désespoir du gars. D'ailleurs, à la fin, il se met à pleurer, et cela fendrait le cœur de n'importe qui, et Daphné la première dit : « Pourquoi on l'emmènerait pas à Sainte-Croix, en attendant ? » et Jeanne abonde : « Oui, c'est vrai, on pourrait l'emmener. » OK, mais pour le mettre où ? Et Sheila dit alors : « Je voulais en parler à Thomas, mais ce serait bien de faire des logements sociaux dans les maisons abandonnées. » Finalement, c'est ce qui se décide. Il va venir avec eux, à Sainte-Croix, mais comme il n'y a pas de place dans la voiture, surtout qu'il a son chien, il va les suivre en tracteur. Là, tout le monde est enthousiaste. On va le filmer sur la route sur son bolide, en train de déménager, roulant vers un nouveau salut, une issue. Et ça, ça va faire un super-plan. Il y a le même genre de séquences dans *Tous au Larzac*, quand les paysans décident de monter à Paris pour se faire entendre. Mais là ce serait presque encore plus fort : un paysan solitaire, acculé aux portes de la mort, sauvé par un peu de bonne volonté.

– C'est dans des trucs comme ça que je réalise que faire ce qu'on fait, ça a un sens. — Sheila, comprenant à quel point sa mission est finalement importante.

– Carrément. — Daphné, contente et presque surprise d'être aussi utile au monde.

– Ce qui va être formidable, c'est de l'avoir avec la pancarte Sainte-Croix en arrière-plan, et lui qui arrive avec le tracteur.

– Regarde, il prend un petit sac.

– Une petite valise en cuir bouilli, comme ce best-seller, tu sais, cette femme qui venait du Portugal. — Jeanne, dans l'empathie populaire.

– *La Valise en carton*, tu veux dire ?

– Et avec le chien, regarde le chien, il tient sur le tracteur.

– Tu l'as bien, quand il était avec la corde qui se balançait derrière ?

– Normalement, oui. J'étais un peu en contre-jour, mais ça devrait aller. — Maxime, pro dans l'éclairage dramatique.

Les voilà partis. Équipée sauvage. Maxime le corps tout entier sorti de la voiture, en rappel, la caméra posée sur le toit, captant l'essence du trajet. Daphné à l'autre fenêtre essayant de prendre le son. Jeanne qui conduit et Sheila à côté, « Les choses avancent, non ? ». Cette histoire d'armée, de drone mystérieux, de commandos possibles venant les kidnapper pour les empêcher de parler, tout cela est relégué aux oubliettes, laissé dans la grange, avec la corde qui se balance. « Tu sais, je pense qu'on l'a sauvé. Si on n'était pas venus, il passait à l'acte ! »

Ils suivent le tracteur qui les emmène d'abord dans un petit chemin. Le malheureux – il s'appelle Joël – doit passer chez un voisin, dire qu'il s'absente, et aussi refaire le plein. Il demande de l'argent. « Combien ? – Cent euros, c'est pour l'essence. » Le voisin lui remplit le réservoir en activant une vieille pompe, qui doit être reliée à une antique cuve à fuel. Pendant ce temps-là, Joël charge le tracteur avec des cubis de vin rouge, en les montrant, en expliquant : « Moi aussi, faut que je fasse le plein », et les voilà repartis, pour aller à Sainte-Croix. À la vitesse du tracteur, il y en a bien pour trois heures, mais ce n'est pas grave, il fait beau, et cela leur laisse le temps de discuter. Sheila et Jeanne sont vraiment contentes de la tournure que prennent les événements. Si elles jouent bien leur carte, elles peuvent avoir un film, un projet, quelque chose d'énonçable, qu'on pourrait facilement partager sur les réseaux sociaux, d'ici l'automne.

Pendant qu'elles tirent des plans sur la comète, Jean-Pierre est sur l'autoroute. Il a pris le prétexte du skype avec Sheila, de cette menace probable de représailles de l'armée, pour descendre rejoindre sa belle, pour la protéger. Enfin, surtout la baiser. Il se demande aussi s'il n'y a pas anguille sous roche. Le fait qu'elle ne remonte pas à Paris, qu'elle envoie Jeanne à sa place, le rend suspicieux. Il roule, concentré sur ses retrouvailles, l'envie de faire l'amour le meut. Le GPS a eu du mal à trouver Sainte-Croix-les-Vaches, mais normalement, maintenant, c'est bon, il est sur la bonne route. Le village ne doit pas être bien grand. Il est sûr de reconnaître la maison grâce aux photos que Sheila a postées sur Instagram.

Et pendant ce temps, Thomas est allongé sur le dos, chez Médée, qui va tenter un désenvoûtement. L'heure est grave. Si l'on ne fait rien, l'influx néfaste risque de se répandre, et alors là, Médée ne garantit plus rien. Et puisque c'est Thomas qui a été touché, c'est lui qu'on va essayer de nettoyer. Médée a posé sur des étagères des dizaines et des dizaines d'œufs, d'oiseaux, de reptiles, des fœtus, des graines. Thomas, étendu, torse nu, le voit qui va d'une étagère à l'autre, une aiguille à la main, touchant un œuf, puis l'approchant d'un endroit de sa poitrine, en lui demandant ce qu'il ressent, ou les images qui le traversent. Une fois, Thomas a demandé à Médée s'il n'avait pas peur d'aller dans ces zones sombres, d'affronter des entités liées au Mal, et Médée a juste souri, dans une de ses vies précédentes, il ne se le rappelait pas intégralement, juste par flashs, il avait passé beaucoup de temps en haut d'une montagne, avec plein d'hommes en noir, à appeler le Léviathan.

– Et alors, là, je peux te dire que tu sais ce que c'est que la trouille.

– C'est sûr qu'une sorcière, à côté, c'est de la rigolade.

– Mais il ne faut pas la sous-estimer. Elle est puissante.

Et point par point, il étudie l'envoûtement, caresse le sort avec son aiguille, pour bien le comprendre et mieux le contrer.

– Là, tu vois quoi ?

– Une mare. Avec des feuilles dessus, des herbes folles.

– Et là ?

– Je sens une petite chaleur.

– C'est normal. Je brûle le noir.

Jean-Pierre est presque en vue de Sainte-Croix. Il a bien roulé. Grosse voiture, avec la cocarde sur le tableau de bord. Il pourrait avoir un chauffeur, mais il n'aime pas ça. Il préfère être indépendant. Et Joël fonce avec son tracteur, nouveau héros, le chien qui aboie, et lui qui prend des mines, ouvre les bras en vainqueur, comme au Tour de France. Maxime qui filme. Joël se servant à un des cubis, dont le robinet coule à flots. Entre cette surexposition inédite à la caméra et l'effet du vin, il est mort-bourré. Il n'a plus son esprit. Broum, broum, les filles et Maxime suivent derrière. Les filles essayant de soupeser la capacité de Joël à s'intégrer dans un nouvel écosystème.

– J'espère qu'il va s'adapter, à Sainte-Croix.

– Moi, j'ai surtout peur de la réaction des autres. — Jeanne, anticipant les problèmes.

– T'as raison, c'est comme quand tu mets des animaux ensemble qui ne se connaissent pas, c'est pas forcé qu'ils s'entendent. — Daphné, appuyant son expertise sur les documentaires animaliers qu'elle a vus sur le câble.

Jean-Pierre vient de s'arrêter devant la maison, qu'il a aussitôt reconnue. Il y a déjà une voiture garée, et il est obligé de stationner dans le tournant. La campagne est calme et silencieuse. Par-dessus la haie, on voit les volets fermés (Sheila a tout barricadé, pour déjouer les investigations éventuelles de l'armée). Il entre dans le jardin, frappe d'abord à la porte, et comme il n'obtient pas de réponse, fait le tour de la maison. Il n'en revient pas de ce calme. Son côté charmant, le verger, le magnolia en fleur, la petite table à demi rouillée, et puis il voit la silhouette. C'est… un type de dos. Immobile. Comme une statue.

– Excusez-moi ?

– …

– Excusez-moi ?

Aucune réponse. C'est bizarre. Presque inquiétant. Mais il fait si beau. L'air est si doux. Jean-Pierre se sent pris de langueur. Comme si on l'attirait par un charme. Et puis, brusquement, bas les masques. Le type se retourne, doucement, cela paraît à Jean-Pierre du ralenti, le type pivote sur lui-même. On dirait qu'il prie, il a les mains jointes et la tête penchée. Il… il tient, il… suce un fusil… dont il s'est enfoncé le canon dans la bouche. Il a l'air triste. Il regarde Jean-Pierre, qui est à ce moment-là comme figé. Son système nerveux doit s'arrêter de fonctionner. À cause du choc, de la peur évidemment, mais aussi parce que son cerveau n'arrive pas à décoder l'information. Qui c'est ? Qu'est-ce que c'est ? Il pense à une installation d'art contemporain, un truc de théâtre. Sheila lui a parlé de son idée de faire des résidences d'artistes.

Mais le type sort le fusil de sa bouche, se met à sourire, un sourire si triste, une tristesse dont on ne revient pas, une tristesse de mort, et le type alors le braque et dit : « C'est pour toi qu'elle part, hein, enculé ? C'est pour toi ? », et alors Jean-Pierre comprend que sa ligne de vie s'arrête là, qu'il est devant un fou, qu'il va se faire tirer comme un lapin sans même savoir pourquoi.

Tout ça alors que chez Médée le désenvoûtement est à son acmé.

– Elle te « fait » avec du geai, de la pie, du rapace et de la vipère. Mais pas de crapaudine, je ne crois pas.

– Tu peux la contrer ?

– Non. Mais je peux faire en sorte que le maléfice s'annihile.

Médée prend des œufs, de bons œufs de poule qu'il a été chercher dans son poulailler, et il grommelle des mots en occitan et en latin que Thomas ne comprend pas. Justin et André sont dans la cuisine, pour équilibrer l'énergie, mais sans avoir le droit de voir, parce que c'est secret.

De l'autre côté du village, le tracteur de Joël arrive en vue du panneau de Sainte-Croix. Le cubi qui tient avec des sangles brinquebale dangereusement. Le chien est tout près de s'envoler. Maxime a du mal à bien le cadrer. Joël attaque le tournant de l'entrée dans Sainte-Croix comme s'il était le maillot jaune en train de remporter l'étape. La voiture de Jean-Pierre, garée dans la courbe, gênée par l'autre voiture, celle de Geoffroy Cameaux, qui est venu pour se suicider là parce que Jeanne l'a répudié, est comme le trait d'union entre un état du monde immobile et la dynamique explosive de l'univers. Sheila y verra ensuite l'illustration d'une courbe mathématique imprévue. Un signe qu'il se passait des choses qui la dépassaient, du moins c'est ce qu'elle ressentit, dans le creux de son ventre, impactée par l'onde de choc, et Maxime se rappellera la scène par la suite comme un taureau de métal biscornu qui essayait de monter une vache, exactement pareil, la même gestuelle. Car le tracteur, ne pouvant éviter la voiture, s'empale, encule la limousine de Jean-Pierre, la belle voiture à cocarde. Le choc est tellement violent que Joël est propulsé en l'air, avec son chien. Cela fait un tel fracas que Geoffroy Trémeaux est distrait de son projet de tuer son prétendu rival et de se suicider ensuite. Moment que met à profit le sénateur pour se jeter sur lui et pour le désarmer, et dans la lutte le coup part, heureusement sans toucher personne. À l'instant même où, dans sa pièce remplie de têtards bizarres, le rebouteux casse les œufs, d'un geste sec et précis, et dit : « Des fleurs sur le monde. Que le petit Jésus nous aide », et Thomas ajoute : « Paix dans sa lumière », et Sheila et Jeanne, stupéfaites, scène de rêve, voient Joël qui se relève, et le chien qui aboie, et Jean-Pierre qui sort de derrière la maison – mais que fait-il là, un fusil à la main ? – et avec le magnolia derrière, en fleur, cela fait une scène magnifique, irréelle, presque un tableau.

Il y a des éclairs...

– 11 –

La voiture de Jean-Pierre est écrabouillée. Joël s'est luxé l'épaule. Le chien va bien. Le tracteur, plus solide que la voiture, a quand même la calandre enfoncée et l'essieu avant tordu. La roue est fichue aussi, mais, d'après Justin – et Joël est d'accord –, c'est réparable. Geoffroy Chameaux pleure, entre coltar et désespoir. Il a bu du vin blanc et pris des Lexomil pour endiguer sa détresse amoureuse. Jean-Pierre est choqué. Il a failli mourir. Il a subi un trauma. Sans compter que la voiture est une voiture du Sénat, que normalement il ne peut pas vraiment utiliser pour son usage privé. En tout cas pas aussi loin de Paris. Avant, ce genre de chose allait de soi, mais maintenant, avec toutes les affaires, les dénonciations, les journalistes à l'affût, on peut venir lui chercher des poux dans la tête. Il est sonné, il a cru ne jamais revoir son fils qui vient de naître, et il le dit à Sheila, qui s'agace qu'il lui parle de sa jeune épouse, de ce foyer qui lui interdit, elle le sait, tout projet avec son amant. Quand Thomas arrive – Justin est déjà sur place –, c'est pour constater ce qu'a prédit Médée : la dysharmonie et le chaos règnent. Il le sent. Il le voit. Pour la première fois de sa vie, il foule le sol du jardin de la maison de la sorcière. Il en respire l'air, touche la matière dont elle est tissée, certainement saturée de maléfices invisibles. Objets insignifiants. Un banc, des chaises rouillées, une table, banals, sans intérêt. Mais périmètre maléfique. Volets ouverts d'où suintent le mal. Médée a raison, cette lutte ne finit jamais. Il doit être plus vigilant, ne pas se laisser aveugler. Sans Médée et son contre-sort, que se serait-il passé ? Des morts ? Un pendu ? Un meurtre, suivi d'un suicide ? Un accident mortel entre un tracteur, une limousine du Sénat et un chien ?

Le maire de Sainte-Croix prend conscience de la puissance du rebouteux. De son degré de technicité dans l'invisible. Cela l'apaise. Cela conjure la force de l'abîme, la puissance des ténèbres. Cette instabilité qui nous entoure et que l'on oublie, rassuré par les murs de nos maisons, les champs, les arbres et la majesté des montagnes. Qu'on imagine comme un rempart, alors qu'ils ne sont qu'illusions. Sainte-Croix-les-Vaches. Îlot perdu dans un cosmos sans fin. Fin des haricots possible.

Mais il ne se laisse pas envahir par ces images néfastes, ce début de vertige qu'il associe aux sortilèges de la sorcière. Il se reprend. Et quand Sheila lui dit, sans gêne, sans vergogne, sans une allusion à ce qui vient de se passer – mais comment lui en vouloir ? Elle est si touchante, si jolie dans sa robe d'été : « Je voulais t'en parler, mais faire quelques logements sociaux, à Sainte-Croix, ce serait bien pour le dossier de la subvention, et ça vous mettrait dans les clous vis-à-vis des obligations qui sont la règle maintenant », il se force à revenir au présent, au visible, à sourire, à dire :

– Des logements sociaux ? Tu veux construire un HLM à Sainte-Croix ?

– Non, je pensais plutôt à toutes les maisons dont la commune est propriétaire, et qui sont vides.

– Les maisons dont la commune est propriétaire ???

– Oui, Martine m'a dit quand j'ai consulté le cadastre que la majorité des habitations avaient été récupérées par la mairie à la mort des propriétaires. Sauf celle de ma grand-tante. C'est marrant, d'ailleurs, pourquoi juste celle-là ?

– Je ne sais pas. Peut-être qu'on attendait que tu viennes.

Par moments, Thomas se dit qu'elle est consciente. Qu'elle sait qu'elle est la sorcière. Qu'elle se fiche de lui.

– Pour les maisons, ce serait possible, alors ?

– Mais pour loger qui ?

– Dans un premier temps, les personnes démunies, ou en détresse, du département. Mais ensuite, pourquoi pas, je pensais à des migrants.

– Des migrants ?

– Oui.

– Ah.

– Mais, pour l'instant, ce seraient d'abord des démunis.

– Du département ?

– Français alors ? — Justin, s'en mêlant.

– Oui. Mais pourquoi ? Ce serait un problème s'ils ne l'étaient pas ?

– Non, mais c'est la question de la compréhension. Si on ne les comprend pas, c'est toujours compliqué.

– Là, il y aurait Joël. Il parle occitan, mais français aussi.

– Celui qui a bousillé son tracteur ?

– Oui. Avec son chien.

Non. C'était impossible. La sorcière venait en elle, par moments. Mais elle, Sheila, n'en savait rien. Médée se trompait. Thomas en était sûr.

– Combien de temps ?

– Quelque temps. Le sociologue aussi arrive après-demain. Au moins le temps de son séjour.

– Le sociologue ?

– Oui, pour le film. Je vous en avais parlé. C'est génial, c'est un élève de Michel Onfray.

– Et d'ailleurs, Michel viendra en personne, une journée, quand on sera prêts. — Jeanne, précisant la bonne nouvelle.

– On doit faire quelque chose de particulier ? — Justin, aussi déconcerté que Thomas.

– Qu'on soit vraiment au point dans ce qu'on veut dire, ce qu'on veut raconter. Un film, même un documentaire, c'est quelque chose d'écrit.

Il n'empêche, même si elle était innocente de maléfices et de sorcellerie, il y avait autour d'elle comme un trouble.

Un film ? Un sociologue ?

– Pour la réquisition des maisons, je ne sais pas trop. Il faut qu'on en discute, et qu'on le vote en conseil municipal.

– L'ennui, c'est que les maisons sont vétustes. — André, pratique.

– Et puis, elles n'ont pas forcément le courant.

– Ce sont des choses matérielles, ça peut toujours s'arranger.

– Ce qui compte, c'est qu'on sente la générosité et l'ouverture de Sainte-Croix.

– C'est ça qu'on va mettre en avant dans le film.

– Et qui servira pour appuyer le dossier.

– Une réserve de loups.

– Mais aussi de gens.

Thomas commence à accuser le coup du manque de sommeil. Avec les allers-retours en hélico, le semi-crash, le désenvoûtement, et maintenant cet envahissement qui ne cesse de croître, il a la tête qui lui tourne de nouveau. Il est question de loger le poivrot avec son chien, mais aussi le type qui a voulu se suicider, qui veut rester là. Il pleure comme une Madeleine, de la morve sur sa manche, comme un enfant.

– De toute façon, je vais recommencer. Je vais me foutre en l'air. Sans toi, ça sert à rien que je vive.

Il a l'air de s'adresser à Jeanne. Cela doit être un jules. Et l'autre, le Parisien, qui est-ce ? Que vient-il faire là ? Quel lien avec Sheila ? Il a l'air de les scruter. C'est un sénateur. Peut-il avoir une influence sur la réserve ? Sauver Sainte-Croix ? Avec la fatigue, Thomas a du mal à rassembler ses pensées. Il finit par prendre congé, par les laisser discuter entre eux. Pour l'instant, on convient que les nouveaux vont aller dans le presbytère, et les autres dans la maison de Sheila, demain on essaiera de trouver une meilleure solution, et il y a la voiture à dépanner. Thomas veut aussi passer voir si l'épiautage des têtes de beuh a avancé. La livraison est imminente, et il veut être prêt.

Quand il s'effondre, épuisé, sur son lit – tout va bien, la beuh commence à être conditionnée en paquets d'un kilo –, il a quand même la force d'ouvrir *Le Rivage des Syrtes* et d'en lire quelques lignes. Elles sont édifiantes : « *On eût dit que la cité heureuse, qui avait essaimé de toutes parts sur la mer et laissé rayonner si longtemps son cœur inépuisable dans tant de figures énergiques et d'esprits aventureux, au sein de son vieillissement avare appelait maintenant les mauvaises nouvelles comme une vibration plus exquise de toutes ces fibres.* » Pendant qu'il sombre dans le sommeil, le tournage s'organise, avec toute la précision qu'exige l'art de la tartuffade. Une précision sans concession, qui doit permettre, comme une évidence, de montrer le projet, la « permaculture sociale », sous son meilleur jour.

– Et le loup, t'es sûr qu'il n'y aura pas de problèmes ?

– Le type me jure que non. Il est trois fois moins cher que le loueur de cinéma, mais il en a qu'un.

– Un, ça nous suffit, pas la peine d'avoir une meute entière.

– De toute façon, Maxime, tu peux le filmer à différents endroits ?

– Oui, bien sûr, je peux même le multiplier.

– Si on peut multiplier les loups, c'est cool.

– Il l'a eu comment ?

– Je ne sais pas. Je crois qu'il l'a gagné dans une foire agricole.

– Dans une foire agricole, ils donnent des loups ?

– D'après ce qu'il m'a dit, il faisait des saucissons, et il a eu le prix.

– Du meilleur saucisson ?

– Oui, et il a gagné le loup.

– C'est incroyable. T'imagines, tu vas dans une foire avec des saucissons, et tu repars avec un loup.

– C'est ça que je trouve génial. On découvre plein de trucs. Quand t'es à Paris, tu ne réalises pas tout ça.

Victor, le philosophe-sociologue, arriva comme prévu le lendemain. Joël avait été installé dans le presbytère, avec Maxime. Pour l'instant, Geoffroy était encore de la partie, car, avouons-le, il constituait un problème. S'il se suicidait de façon trop voyante, alors que tout le monde savait que Jeanne avait eu une liaison avec lui, et surtout qu'elles s'étaient servies de lui pour la campagne, cela pouvait faire tache. Bien entendu, cela n'aurait pas été dramatique. Il était dépressif, fragile, on pouvait expliquer cela de multiples façons. Mais il n'empêche, si l'on pouvait l'éviter, c'était aussi bien. Du coup, il était lui aussi au presbytère, sans fusil, et sans Lexomil. Jeanne lui avait confisqué la boîte.

Il y avait aussi Jean-Pierre, profondément choqué, qui était reparti le lendemain, fâché, sans avoir baisé (Daphné avait été rapatriée dans la maison, et du coup il y avait le dortoir des filles et celui des garçons, donc pas trop possible de s'ébattre en paix) et sans voiture, Sheila l'avait raccompagné à la gare – cent soixante-dix kilomètres aller, la même chose au retour – et ils avaient eu une discussion, Sheila expliquant qu'elle avait envie de construire quelque chose, et comme elle ne pouvait pas envisager un vrai couple avec lui, alors elle s'investissait à corps perdu dans son mandat, voulait vraiment en faire quelque chose de positif.

– Je pense qu'il y a vraiment beaucoup de choses à faire, beaucoup de choses à changer. Sainte-Croix-les-Vaches, pour moi, c'est emblématique de nos contradictions, mais aussi de nos potentiels.

Jean-Pierre regagna donc la capitale profondément perplexe, après avoir galéré toute la matinée pour trouver un garagiste qui puisse au moins aller chercher son épave et la mettre à la casse. Soucieux, en plus, de ce qu'il allait bien pouvoir raconter pour justifier la transformation d'une limousine quasi neuve ornée d'une cocarde en une concrétion métallique informe. Sheila, elle, n'eut pas le temps de s'appesantir sur la tournure un peu froide que prenait sa relation amoureuse, car, à Sainte-Croix, maintenant, les choses allaient très vite. Les situations, boostées par l'implacable rythme du jeu politique, s'enchaînaient. L'élève d'Onfray venait d'arriver.

– Je me présente, je m'appelle Victor. Je suis ce qu'on définit comme un intellectuel. J'ai une double formation de sociologue et de philosophe, sachant que je me suis très vite détaché d'un carcan que je trouvais trop scolaire pour essayer de réfléchir par moi-même.

– D'où aussi la rencontre avec Michel ? — Sheila, en oreille attentive.

– Exactement, sachant que je suis plus spécialisé dans les questions environnementales concrètes, mais que nous partageons un certain nombre d'appétences pour des sujets qui vont de la migration des anguilles au déploiement du temps, au cosmos, à l'anarchie, au goût, en passant par la diffusion de la pensée dans les couches populaires de la nation.

– C'est génial. — Jeanne, évidemment à fond.

– Ça correspond vraiment à ce que nous essayons de faire ici.

– Tu as pu regarder le dossier qu'on t'a envoyé ?

– Oui, et tout de suite une image m'est venue à l'esprit.

– Laquelle ?

– Une image évidente.

– … ?

– Astérix !

– C'est génial ! — Sheila, évidemment à fond aussi.

– Thomas, c'est Astérix-Obélix, et autour c'est « Ils sont fous, ces Romains ! ».

– Bové s'était déjà servi de cette analogie. — Maxime, en rabat-joie, peut-être un peu jaloux.

– Oui, mais là, c'est en vrai. Sainte-Croix est vraiment entouré. Assailli. Et nous ne sommes plus face à un village encore vivant. Non, nous sommes en train d'assister à l'agonie d'Astérix. À l'agonie de notre passé. De notre mémoire. Et obligés de penser son devenir.

– On est complètement en phase ! — Sheila et Jeanne, en chœur.

– Comment voulez-vous que nous procédions ?

– On avait dans l'idée une discussion à bâtons rompus où tu pourrais échanger avec Thomas, mais aussi avec les autres habitants.

– Si j'ai bien compris, il y en a surtout trois.

– Oui, André, qui s'occupe de l'imprimerie.

– D'ailleurs, qu'est-ce qu'il imprime ? On ne le lui a jamais demandé.

– Ça va être l'occasion.

– Il y a aussi Justin.

– Il fait quoi, lui ?

– Je pense qu'il a une ferme.

– Et le troisième, c'est Amédée.

– Lui, c'est plus mystérieux.

– Je crois que c'est un peu le « cassos » du village.

– Ce qui va être intéressant, c'est de penser avec eux des solutions. De trouver ensemble comment ils pourraient, sans rien perdre de leur identité, trouver une place dans la société, non pas d'aujourd'hui, car elle est prête à les annihiler, mais dans celle de demain, celle que l'on est en train d'inventer.

Du côté des « Astérix », la cellule de crise est aussi de mise. Le fermier, l'imprimeur et le cas social sont réunis en conseil autour du chef. L'heure est grave. Il n'est plus question de se leurrer. Il s'agit bel et bien d'un envahissement. La question est de savoir si cette invasion est pérenne, si elle va se transformer en occupation, ou si elle va pouvoir être repoussée.

– Tout dépend si elle nous permet de faire la réserve. Parce que, quoi qu'il en soit, elle m'a montré le projet que soutient Lactalis. S'ils font la route, il n'y a plus de Sainte-Croix. Alors, de toute façon, on ne sera pas plus avancés. — Thomas, en état des lieux objectif.

– On pourrait toujours se réfugier dans la montagne. — André, prêt à aller jusqu'au bout.

– Tu sais bien que ce n'est pas possible. Et puis les Causses seront dévastés. La route passera au milieu. Comment on réintroduirait notre troupeau, au milieu des camions ?

– Moi, je pense qu'il faut faire profil bas.

– La Jeanne, elle n'a pas arrêté de me questionner, si on souffrait beaucoup de l'absence d'infrastructures, du manque d'école, de médecins. — Justin, souvent au contact avec l'ennemi, rapportant de précieux renseignements.

– T'as dit quoi ?

– Ben, toujours pareil, que c'était affreux. Qu'on avait l'impression d'être des parias. Des oubliés de la République.

– Tu ne lui as pas dit que t'allais trois fois par an te taper des gonzesses au Club Med, et que c'était des Roumains qui faisaient tes foins et qui s'occupaient des bêtes ?

– Non, on n'est pas encore assez intimes.

– La question, c'est jusqu'où on les laisse aller. Ils veulent nous filmer.

– S'ils entrent dans l'imprimerie, ils vont voir les machines dernier modèle. C'est les mêmes qu'à l'Imprimerie nationale.

– À la ferme, c'est pareil, j'ai tout le vieux matériel agricole. Il y en a pour une fortune.

– Ils ne sont pas censés savoir qu'il s'agit de pièces de collection. On peut leur dire que t'es resté à l'ancien temps.

– Ils vont adorer, en plus. C'est comme si t'étais un vestige.

– Ça ne nous dit pas ce que nous réserve le futur.

– Tu ne peux pas regarder, Médée ?

– Je ne sais pas. Déjà, les « carter » m'a fatigué, en plus j'ai contré leur sort, si je fais une transe, ça peut m'affaiblir et je peux tomber malade. Mais je vais essayer.

– Si c'est dangereux, il ne faut pas que tu le fasses.

– C'est surtout que la transe, je ne la commande pas. C'est elle qui te commande. Tu demandes à l'invisible, et puis d'un seul coup, quand tu ne t'y attends pas, pof, ça te tombe dessus.

– Ah d'accord, c'est comme le facteur, tu ne sais jamais à quelle heure il va passer.

– Bon, en tout cas, profil bas, OK. Et on leur dit ce qu'ils veulent entendre. On les caresse dans le sens du poil, et on espère qu'elle va régler rapidement le dossier de la réserve.

De façon à ne rien perdre de cette dynamique qui habitait maintenant Sainte-Croix, à la concentrer au maximum, Sheila et Jeanne avaient décidé de tout condenser en une journée. Victor, pris par des séminaires, ne pouvait pas rester très longtemps, et le loup était loué après pour une représentation théâtrale vers Millau. Tout se mit donc en place rapidement. Jeanne, maligne, avait fabriqué une « légende » à Thomas, qu'elle avait confiée à Victor. Ce serait le petit cadeau qu'il apporterait dans son escarcelle. Une façon finaude de faire ami-ami, mais aussi de valoriser Thomas, que les deux filles trouvaient en deçà de son potentiel télévisuel. L'assistante parlementaire avait donc bricolé quelque chose aux petits oignons, inventé bien entendu de toutes pièces.

– Là, t'as assuré, meuf ! C'est pile ce qu'il fallait !

– Oui, je pense qu'il va adorer.

Dans un écrit datant de la Révolution – trouvé miraculeusement en faisant des recherches à l'intérieur d'anciens grimoires – et retraçant la tragique affaire de la Bête du Gévaudan, il était question d'un « *sieur Sorloï, bandit d'honneur, qui contribua, par son courage et son intelligence, à la capture de la Bête* ». C'était à la fois charmant, soft et romanesque. L'ancêtre de Thomas serait donc un brigand, mais d'honneur. En dehors du système, mais dans un mood de générosité, puisqu'il n'avait pas hésité à risquer sa vie pour en sauver d'autres. Le roi avait d'ailleurs décidé de lui attribuer le territoire de Sainte-Croix en remerciement, mais les lenteurs administratives, suivies de la Révolution qui allait tout balayer, avaient probablement fait fi de ce geste mérité. Peu importait. Il était clair que Thomas était de cette trempe, ce qu'allait mettre en avant le doc (et que, en vrai, il était déjà propriétaire des Causses, puisque le roi les lui avait donnés).

– Même si c'est un documentaire, c'est de la fiction. Thomas est un personnage, je suis un personnage, précisa Sheila, qui se serait bien vue dotée, elle aussi, d'une légende.

– C'est bien que tu le rappelles, parce que c'est le b.a.-ba d'un bon doc. C'est ce qui le différencie du reportage basique, approuve Maxime, qui par moments se laisse emporter par la force de conviction de la députée.

– C'est important, d'ailleurs, qu'on fasse une grande interview de toi, suggère Jeanne.

– Oui, je pensais sur les Causses, avec la montagne derrière.

– Quelque chose d'un peu sauvage ?

– Oui, ce sera bien. Qu'on sente qu'on est dans notre élément, les pieds bien sur terre.

– Ce n'est pas pratique, quand même, de ne pas avoir de téléphone, j'espère que le type du loup ne s'est pas perdu, conclut Daphné, focalisée sur l'aspect pratique de l'opération.

Mais on ne les voit pas...

– 12 –

Les interviews commencèrent dès le lever du soleil. Sheila, une boule incandescente en arrière-fond, les montagnes sur le côté, ses cheveux au vent, parlant longuement de son investissement à Sainte-Croix. De la force de la nature. Cette force qu'on ne devait pas perdre, mais aussi de la synergie ville/campagne, qu'on devait repenser, de la malbouffe, et bien sûr de la permaculture sociale, qui était au centre de ce qu'elle essayait de mettre en place ici, dans cette région qui l'avait élue. Avant tout, elle était frappée de la mobilisation des gens, de leur demande, de leur enthousiasme. De la même façon que dans les quartiers – avec lesquels elle était également en empathie –, un tissu était à retisser (*« tissu à retisser », tu peux peut-être le dire autrement ?*), du lien était à re-imaginer. Le monde rural avait besoin d'initiatives, d'idées, de propositions, qui soient à la fois citoyennes et tournées vers l'avenir. C'est pour cette raison qu'elle soutenait le projet de Thomas, pétri de bon sens et d'écologie. « Les loups sont un symbole, autant qu'une nécessité écologique. Savoir vivre avec eux, en harmonie, dans une région par ailleurs revitalisée, est un objectif noble auquel, moi et mon équipe, nous nous associons. »

– Plutôt que *par ailleurs revitalisée*, tu pourrais dire plutôt *en cours de revitalisation*, la corrigea Jeanne.

– Tu crois ? C'est un peu bizarre, *en cours de revitalisation.*

– Pourquoi pas *en plein essor* ? proposa Daphné, qui s'occupait du son, mais tenait à donner aussi son avis sur le fond.

– Là, c'est Vincent Bolloré, fit remarquer Maxime.

– Oui, ça fait trop industriel.

– Alors *en pleine dynamique de revitalisation.*

– OK. *« En pleine dynamique d'ouverture, dans une logique de revitalisation. »*

– Parfait !

Thomas, Justin, André et Médée, qui assistaient à la prise de vues, furent étonnés par la précision et l'exigence de l'exercice. Ils avaient tous un peu le trac. C'était quand même la télé qui venait les filmer, et, Médée le comprit, il y avait derrière un charme puissant auquel il était difficile de résister. Thomas le ressentit aussi, avec plus de recul, peut-être, que Médée, mais il se dit aussi que c'était un mal pour un bien. Que, de toute façon, ils avaient retourné le problème dans tous les sens, ils n'avaient pas le choix. Maintenant les dés étaient jetés, le vin était tiré, et il fallait le boire. Il ressentait une certaine angoisse, qu'il balaya aussitôt en pensant au saint, à ce qui entourait Sainte-Croix, une protection, et puis il y avait les pouvoirs de Médée. Il se demandait si l'invisible allait répondre. Si Médée allait pouvoir lire le futur, au moins en partie, si la transe serait fructueuse. En espérant que le rebouteux ne soit pas trop affecté par cette incursion dans l'autre monde, là où le temps devenait transparent, sans consistance. Ce qui, d'après Médée, impactait fortement votre personnalité, parce que : « S'il n'y a plus de temps, il n'y a plus de Toi-Même non plus. C'est pour ça que tu peux devenir fou », et si Victor le sociologue avait pu entendre ces explications, il en aurait été surpris, et probablement curieux de savoir quel système conceptuel sous-tendait pareille vision du monde.

Mais cela ne fut pas le cas. Concentré lui aussi, il se préparait à l'entretien avec Thomas et ses coreligionnaires. Le « débat » eut lieu chez Thomas, qui avait fait le ménage pour l'occasion. Sheila et Jeanne furent surprises de ne pas y trouver une abondante bibliothèque, fournie en littérature et en essais. Il y avait juste, posée sur une étagère vitrée – en formica –, une vieille collection du *Chasseur français*. Elles supposèrent que les livres étaient ailleurs, et puis l'interview commença. Il y avait Thomas, et les autres, assis sur des chaises, en demi-cercle, entourant le chef, comme un vieux conseil de tribu, une résurgence archaïque, et sur le côté, pour que les objectifs de la caméra puissent aller de l'un à l'autre, Victor le sociologue, qui, comme Thomas et ses acolytes, avait mis une tenue particulière, un polo jaune citron, pensant qu'ainsi il frapperait plus facilement l'inconscient du spectateur. Car lui aussi, comme Sheila, avait une carte à jouer, une place à prendre, pour monter sur le grand podium où se régalaient ceux que le destin avait choisis pour éclairer leur prochain, pour le guider. L'interview de Thomas – menée tambour battant par un Victor (très) habité par la « force » conférée par les Universités populaires de son maître Michel Onfray –, se déroula parfaitement.

– Ce qui m'apparaît, Thomas, dans votre démarche, c'est à la fois votre courage, mais aussi votre lucidité. Vous savez que le monde, la société, impitoyablement, vous condamne à épouser ses règles et ses normes, son mode de vie, si éloigné de vos fondamentaux, et pourtant vous avez décidé de résister. Non pas en vous opposant, non pas en vous rebellant, mais en proposant une alternative, en faisant d'autres choix. Pouvez-vous nous en dire plus ?

– Écoutez, je vais essayer. Il faut comprendre que l'agriculture a subi une évolution sans précédent avec l'arrivée du tracteur, dans les années cinquante-soixante. Cette révolution technologique s'est doublée d'une vision centralisée, imposée par la capitale, incarnée à l'époque par Pisani, qui, pourtant, s'est assez vite rendu compte que cette approche avait ses limites, puisqu'il reconnaissait, en privé, que si le « prêt-à-porter » fonctionnait globalement, il fallait aussi envisager du « sur-mesure » pour certaines régions. Sainte-Croix en fait évidemment partie, puisque nous avons été parmi les derniers à adopter la mécanisation au détriment du bœuf, que par ailleurs nous élevions et qui faisait notre richesse et notre fierté.

Thomas parle d'une voix claire. Il pensait être plus impressionné que ça, mais finalement ça va, les phrases lui viennent facilement. Il a, bien entendu, répété avant, appris ses réponses quasiment par cœur – ça lui a rappelé les leçons de Poupoune –, à partir d'antisèches fournies par Jeanne et, quand on entre plus dans un aspect intime, quand Victor lui annonce que son ancêtre est un Robin des bois, il en rosit de plaisir, trouve ça normal, évident, cela le conforte dans la légitimité de son action. La dichotomie qui l'habite, qu'il a du mal à gérer, de faire le voyou et d'être un paysan, s'apaise, trouve un sens dans cette explication surgie du passé, d'un combat contre la Bête, d'une récompense royale. Une légende si flamboyante, si farouche, qui l'embellit d'une noblesse qu'il incarne justement, avec facilité.

– Et vous Justin, qu'on appelle ici « le » Justin. Comment s'est opéré le tournant ?

– D'abord, un refus du tout-chimique. Cela a été une prise de conscience radicale, et puis un retour à de vieilles souches, à des variétés qui étaient celles de nos grands-parents et que l'industrie agroalimentaire a éradiquées de nos assiettes.

Lui aussi a répété. La vérité, c'est que l'occasion a fait le larron. Quand ils ont cambriolé l'INRA, à la recherche de la semence d'Horace, ils ont raflé à la place toutes les graines qui traînaient. Ajouté aux vieilles machines que Thomas collectionne, témoignage de l'époque où la machine commençait son incursion – mécanismes encore actionnés à la main ou par des chevaux, ou, bien sûr, des bœufs –, cela donne brusquement une touche visionnaire. Des légumes authentiques, avec des machines simples, gérables et surtout – démonstration dans la cour du trieur à grains, presque tout en bois, futuriste tellement il est d'un autre âge – incroyablement ergonomiques (moins « productives », mais là, par exemple, beaucoup plus délicates avec le grain).

– N'est-on pas, Thomas, dans une sorte de permaculture globale ? s'agite le philosophe.

– Si, assurément. C'est d'ailleurs un concept qui nous paraît aujourd'hui pouvoir s'appliquer à l'agriculture, mais aussi dans une vision plus large des questions sociétales, répond Thomas du tac au tac, pris d'un éclair d'inspiration, emporté lui aussi par le *bullshit*, convaincant dans son bobard, si naturel, si simple, si porteur.

Bingo ! Les filles en ont des frissons. Des séquences de folie ! Ça va être génial. Il ne manque plus que le loup et quelques phrases sur Poupoune (et si elles ont Onfray en plus !!!), et le tour est joué. Elles peuvent avoir un super-doc, et très vite. Ça voulait dire commencer à occuper le terrain, un peu partout, mais surtout à Paris, dès la rentrée.

Mais ce n'est pas tout. Voici que le type du loup arrive enfin – il s'était, bien entendu, perdu, mais a fini par trouver le chemin –, guidé par Geoffroy Trameaux. Le suicidé d'hier, encore hagard (un fantôme dans le décor), l'a accompagné jusqu'à la ferme de Thomas, aimanté, probablement, dans son brouillard sentimental, par Jeanne qui s'y trouve. Quelques instants avant que le loup ne surgisse, Médée (le cas social) démarre brusquement. Ils sont juste à côté du trieur de grains, la caméra même pas sur lui, et le rebouteux prend soudainement la parole, lui d'habitude silencieux, en retrait, comme s'il était pris d'une irrésistible envie de communiquer.

– Les machines ne gouverneront pas. Non. L'homme le croira, le craindra, mais cela n'arrivera pas. C'est la folie de l'homme qui décidera, pour le meilleur, mais surtout pour le pire. Il ne reviendra pas à l'ancien temps, mais il devra en tenir compte. Sans cela, il se perdra. Pour toujours !

Heureusement, la caméra tournait, et Maxime et Daphné ont eu le réflexe de pointer micro et objectif dans sa direction. C'est extraordinaire. La tirade qui tue, la synthèse presque, et d'une cinégénie ! Qui d'ailleurs retombe. Certainement aussi rapidement déshabité qu'il a été possédé, Médée recule, son visage se referme, et, dans un enchaînement parfait, le loup apparaît, dans sa cage, dans la remorque, des milliers et des milliers d'années de sauvagerie enfermées dans une petite boîte de treillis de métal.

– Voilà le loup !

– Le loup qu'on loue, ou qu'on loue ? — Victor, s'adonnant à une évocation lacanienne un peu *has been*.

– Il faut bien lui préciser ce qu'on attend de lui, parce qu'il ne peut pas faire n'importe quoi. — Daphné, qui a géré toute l'opération.

– *A priori*, des plans simples, où on le voit sur les Causses, mais le mieux c'est à l'endroit qui fait plus forêt. — Maxime, à fond sur la « réal ».

– Justement, c'est ce que j'ai dit à la demoiselle, ça, c'est compliqué, parce que si je le mets dans la nature, il va se barrer — le loueur de loups, au plus près de sa prestation.

Le loup est recroquevillé au fond de sa cage. Il a l'air terrorisé.

– Comment peut-on le filmer, alors ? — Sheila, inquiète pour le show.

– Dans une pièce, c'est mieux. Où je peux le faire rentrer dans sa cage après.

– On ne peut pas le filmer dans une cuisine, ou dans une salle de bains. Ce ne serait pas normal pour un loup. — Maxime, au taquet sur le nécessaire réalisme du *bullshit.*

– Mais dans une grange ? Ou une étable ? Dans le film que j'ai fait avant, c'est ce qu'ils ont fait. Dans l'étable.

– Chaque film est différent. — Jeanne, dans l'essence du septième art.

– Oui, mais les loups, ils sont toujours pareils, ils veulent bouffer des brebis. Du coup, ils vont dans les étables ou les bergeries.

Finalement, on trouve un compromis. On va le filmer en gros plan, mais avec les montagnes derrière, et quand même essayer de la faire courir un peu (c'est une louve) en direction d'une carcasse de mouton, en se mettant de part et d'autre, pour l'effrayer et l'empêcher de passer si elle essayait de s'échapper.

– Allez, le loup ! Allez !

– Ksssssss ! Allez !

– Elle y va, elle y va !

Et pendant que cette scène de film naturaliste s'agence, sous la direction commune de toute l'équipe, Thomas, comme dans une vision, la conséquence de la prophétie de Médée – ne pas oublier le passé –, voit sur l'autre versant de la montagne quelque chose qui le remplit d'étonnement, mais aussi de crainte : des signaux de fumée, comme faisaient les Indiens. Comme il faisait avec Benoît, quand ils étaient enfants, et que la ligne du téléphone était toujours détraquée, et qu'ils habitaient de part et d'autre de la vallée.

– T'as vu ? lui demande Justin, aussi effaré que lui.

– Oui. Tu te rappelles ce que ça veut dire ?

– C'était rendez-vous au tipi, non ?

– Je crois.

Ils trouvèrent un prétexte pour s'éclipser, et cela ne dérangea personne, les filles n'ayant qu'une envie, aller dérusher pour être certaines que tout était bien, qu'il n'y avait pas de problèmes, ni à l'image, ni au son, tant pis si pour l'instant ils n'avaient pas encore une bonne scène où Thomas parlait de Poupoune. À part ça, c'était pratiquement tout bon et le moral était au plus haut. Pendant que leur image (et donc peut-être leurs âmes) s'emprisonnait dans l'écran du Mac de Daphné, Thomas et Justin traversèrent le bout de vallée, qui se mêlait à la remontée du causse, vers l'autre montagne derrière. Par la route, cela faisait une trotte. En coupant entre les fermes, à cheval, c'était à peine une heure.

Benoît les attendait dans la clairière, derrière le dolmen, là où ils avaient fait un tipi, quarante ans plus tôt. Retour d'un fantôme. Combien de temps depuis la dernière dispute, cinglante, un soir où Benoît avait bu ? Dix ans ? Quinze en fait, peut-être même dix-sept, peut-être vingt. Accord tacite. Benoît gardait un bout du territoire, la partie ouverte sur l'extérieur, bordée par l'autre nationale, et Thomas, Sainte-Croix. Boulet que l'on porte dans son cœur. Tache indélébile, dans la famille, dans la tribu.

– Fallait que je te voie.

– Qu'est-ce qui t'arrive ?

– Les flics sont sur moi. C'est pour ça que j'ai fait des signaux. J'ai peur qu'ils écoutent mon téléphone.

– À cause de quoi ?

– Des produits. C'est un autre scandale qui n'est pas encore sorti, mais ça va faire comme le Friponil. Plein d'industriels vont être touchés. C'est toute une partie de la filière laitière qui est concernée.

– Qu'est-ce que tu veux que je fasse ?

– Les gens disent que t'es le diable. Que si on va te voir, tu peux interrompre les procédures.

– Pour un contrôle vétérinaire, ou d'hygiène, oui. Pas pour une enquête judiciaire.

– Je vais perdre la ferme aussi. La banque m'a fait investir dans le solaire, mais le matériel n'était pas assez bon, j'ai plein de panneaux qui sont foutus, la foudre est tombée dessus, et je n'étais pas couvert par l'assurance. Je ne tiens pas les mensualités, je peux pas rembourser.

– Et la ferme aux cinq cents vaches que t'avais faite ? On m'a dit que ça marchait bien.

– Au début, oui. Après, non. J'ai des vaches qui ont été malades, on m'a fait abattre.

Il sentait l'alcool, et Thomas pensa qu'il avait dû persévérer dans la boisson plus que de raison, et Justin fut gêné d'assister à une dispute entre cousins, cela ne le concernait pas. Quand Thomas hocha la tête et dit : « Je suis vraiment désolé, Benoît, mais si je pouvais faire quelque chose, je le ferais », il fut triste pour les deux, et Benoît hocha la tête aussi et dit : « Je comprends, t'es le diable, mais tu l'es que pour toi, ou pour Sainte-Croix. Le reste, tu t'en fous », et comme c'était une bonne façon de résumer une situation à laquelle il n'y avait pas grand-chose à ajouter, ils se séparèrent là-dessus.

ET TOUT LE MONDE ESPÈRE
QUE LE CIEL…

– 13 –

Justin et Jeanne couchèrent ensemble quelques jours plus tard. Cela se fit simplement. Ils en avaient envie tous les deux. Jeanne l'avait en tête depuis un moment et, comme elle l'avait confié à Sheila, il flottait dans l'air une sorte d'appel de la forêt auquel il était difficile de résister. « Il y a un effet Rahan, qui mérite d'être approfondi », et Justin, lui, était confiant sur sa capacité à surmonter les maléfices. Il trouvait Jeanne incroyablement appétissante, et aussi très sympa. Il aimait bien parler et rire avec elle. Mais cela n'empêchait pas la vigilance. C'est ce qu'il expliqua aux autres.

– Comme, moi, je n'ai pas été « philtré », mais que je savais que ça pouvait arriver, j'étais sur mes gardes. Du coup, j'ai produit des anticorps psychiques. Je le sens, se justifia-t-il, pas du tout prêt à laisser passer pareille aubaine, sorcière ou pas.

Médée confirma que c'était possible.

– Si tu étais sur tes gardes, ton cerveau a pu créer une riposte, c'est vrai.

– Et puis, comme ça, je peux aussi mieux me rendre compte si la sorcière prépare quelque chose.

Les apparitions de la sorcière, ses matérialisations, comme leurs fréquences, demeuraient mystérieuses. D'après Médée, ni Sheila ni Jeanne n'en avaient forcément conscience, mais il n'en restait pas moins que, dans le monde invisible, elles étaient inféodées à elle et pouvaient servir de réceptacle, soit quand la sorcière avait besoin de les observer, soit, encore pire, quand elle balançait ses sortilèges. Mais sinon elles étaient normales.

– Et si je suis en amour avec Jeanne, ça ne peut pas l'apaiser ? Comme si on signait une trêve.

– Non. À cause du noir qu'elle a en elle. C'est plus fort que sa volonté, ou que la volonté de celles qu'elle contrôle. Elle est le Mal, parce que c'est sa nature. On n'y peut rien. Sinon, ce ne serait pas une sorcière, mais une fée. Et des fées, il y a un moment qu'il n'y en a quasiment plus. Depuis les machines, elles ne sont plus à leur aise sur cette terre. C'est pour ça que les Causses parlent moins qu'avant. Parce que les fées sont presque toutes parties.

Justin persévéra néanmoins dans cette union, malgré les risques. Il convint cependant d'alerter Médée si des signes d'envoûtement se manifestaient. De leur côté, les filles étaient ravies. Le premier montage de *Sainte-Croix-les-Vaches* (*pour une permaculture sociale*) était super, mieux que ce qu'elles espéraient. On avait déjà l'impression d'un fourmillement d'idées. D'un bouillonnement d'initiatives.

Entre Joël, qui apportait de façon heureuse la dimension « misère de la condition paysanne » – la scène du suicide était extraordinaire, en la contextualisant avec une voix off et en montrant justement Joël ensuite (il était comme un poisson dans l'eau à Sainte-Croix, Justin lui avait donné des outils et il réparait son tracteur, tout content), c'était une grande scène. Presque une scène de cinéma. Justin, qui avait ce côté « de toute façon, il faut mieux prendre la vie du bon côté », qui expliquait en souriant – pas d'aigreur, que de la joie de vivre – comment ils avaient souffert de l'« abandon de la République » – pas de médecin (bon, en vrai, il n'était jamais malade, et si c'était le cas, il y avait Médée), ni de pharmacie (« On ne peut même pas s'acheter de l'aspirine »), ni d'école (cela dit, il n'y avait pas d'enfants à Sainte-Croix), et l'absence de gendarmerie. « Vous vous rendez compte ? Si on veut porter plainte, c'est impossible. C'est trop loin. » Après Médée, avec son espèce de tirade, prophète inspiré. Et enfin Thomas, grave, beau, profond. Il fallait juste encore quelques plans où il parlerait de Poupoune. Sheila attendait le bon moment. Quoi qu'il en soit, il y avait largement de quoi faire un teaser génial.

Maligne, Jeanne en profita pour décrocher un « 20 heures », pas national (pas encore), mais régional. France-Région Marseille, captée sur tout le Sud de la France. Grosse audience. Des images seraient montrées. Sainte-Croix-les-Vaches, bientôt le film-événement ! Sheila déployant leur projet. Le calcul qu'elles avaient fait, occuper le terrain que les Verts avaient complètement abandonné, surfer astucieusement sur la vague bio, développement durable, éco-participatif, était le bon plan. Des séries d'interventions étaient déjà prévues, de Sciences Po au salon Alternatiba, qui regroupait toutes les assos concernées (un levier énorme si elles savaient s'y prendre), le carnet de bal se remplissait à vue d'œil. Mais si elles étaient contentes de revoir bientôt Paris, de passer à la phase deux du plan, elles appréhendaient aussi de quitter Sainte-Croix.

L'une comme l'autre ne l'auraient pas avoué, mais elles commençaient à s'y plaire, à se sentir chez elles. Elles dormaient bien, avaient bonne mine. Plus de cernes. Rien à voir avec l'aspect de zombies malades, toujours enrhumées, qu'elles arboraient à Paris. Et puis elles s'étaient prises d'affection pour cette ambiance, ce truc qui faisait tellement théâtre – elles avaient toujours l'impression que tout le monde jouait un rôle, une représentation à leur attention – où chaque personne semblait un personnage, dans ce décor hors du temps.

Parfois leurs esprits s'égaraient. Et si elles restaient là ? Si elles faisaient un enfant ? Avec Rahan ? Un petit homme des bois ? Sheila, qui ne voulait cependant pas tromper Jean-Pierre – même si avec lui c'était compliqué –, aurait bien testé Thomas, pour vérifier s'il était aussi performant que ce que Jeanne lui racontait de Justin. Quand à Jeanne, hormis la présence rôdante de Geoffroy Cameaux, qui l'insupportait, elle pétait le feu. Justin, comme l'air de Sainte-Croix, lui réussissait. Il y avait même des apéros, chez Bello, où elles étaient conviées. L'ambiance, contre toute attente, se détendait.

La nouvelle du drame qui faucha les Lyonnais frappa donc Thomas par surprise. Depuis son aller-retour à Lyon, il était dans l'attente de nouvelles de ses associés. Ils auraient maintenant dû être rentrés. Ce n'était pourtant pas le cas. Et cela ne le serait pas. Thomas en eut la confirmation alors qu'une intuition néfaste l'habitait depuis plusieurs jours. Les infos parlaient d'une attaque d'un dépôt de la Brinks, à l'arme lourde, en banlieue parisienne. L'assaut avait mal tourné. Deux truands étaient décédés, un autre blessé, le quatrième en fuite. L'un des morts était un des frères. Babik, l'ami de Thomas. Le blessé, l'autre frère, Enzo. Le journaliste détaillait les pedigrees. Gens du voyage sédentarisés. Figures du banditisme lyonnais. Celui qui était en fuite (et probablement blessé) était dangereux. C'était une catastrophe. D'abord parce que c'étaient ses amis. Mais aussi parce que l'opération « Tonne bio » reposait sur eux. Toute la stratégie financière du Royaume s'évaporait sans crier gare, et donc la faisabilité de la réserve. Plus de Chinois. Plus d'investisseurs. Plus de deal possible avec la Région, chèque sur la table, gros magot, de quoi faire réfléchir quand on avait du mal à boucler les budgets. Sheila avait eu beau faire la fine bouche, si en face elle voyait que le fric était là, elle l'accepterait. L'argent gouvernait tout. Pour la première fois de sa vie, Thomas est gagné par la panique. Il ne sait pas comment gérer. Il n'a même pas le contact de Gorillaz. Il passe toujours par les Lyonnais. Pas de relations directes. Messenger. Faux compte Facebook. En quelques minutes, il lui semble que des nuages s'amoncellent au-dessus de Sainte-Croix, porteurs, peut-être, de minuscules dominos prêts à se déployer en une multitude de tracas, d'obstacles, qui, immanquablement, vont finir par avoir gain de cause, par éventrer le causse, détruire la montagne et, irrémédiablement, faire de Sainte-Croix une non-chose, un non-village. Monré, son ange gardien, se porta à son secours.

– Tu ne vas pas avoir le choix. Tu vas devoir traiter avec le négro, sans filet.

– Je n'ai pas son contact.

– La mère des Lyonnais l'a.

– Je ne peux pas y aller comme ça, vu les circonstances.

– Tu peux passer la soutenir. Et lui demander la connexion au passage. Ils montent sur une affaire avec des bazookas. Ça ne peut pas toujours bien se passer. Elle sait à quoi s'attendre.

– Je vais y réfléchir.

– Tarde pas trop. Parce que tu sais bien que mon oseille, à force, il va finir par plus y en avoir.

Thomas se demande s'il pourrait juste être paysan. Avoir des crédits. L'angoisse, toujours, d'un contrôle sanitaire, d'une épidémie, d'une baisse des cours, qui vous précipite dans la faillite. Comme Benoît. Le destin de son cousin le peine. Mais il n'y peut rien. Et que les gens disent qu'il est le diable le vexe. Le diable ! Qu'avait-il fait, à part essayer de rendre service ?

À Sainte-Croix, les filles ne sont pas là. Il y a juste Maxime et Daphné, qui lui expliquent que Sheila et Jeanne ont dû partir pour un enregistrement d'émission de télé, que c'est super-bien, que Sheila va parler du projet de réserve, et que tout roule, que vraiment Thomas crève l'écran.

– Vous auriez pu faire acteur !

– C'est gentil. Je vais y penser, pour une reconversion.

Il allait monter sur Lyon dès le lendemain. Voir la mère. Elle devait être effondrée, dévastée, mais Monré avait raison, il fallait qu'il se reconnecte avec les Marseillais. Sinon, c'était fichu. Toute la journée, il cogite sur comment redresser la situation. Il convoque Justin, André et Médée et leur explique ce qui se passe. Que tout peut être compromis, son plan, le rachat de la réserve. Chacun y va de sa solution. Pour conditionner la beuh, on pouvait prendre les Roumains ou en faire venir d'autres. Les étiquettes beuh bio, avec le sigle AB, étaient déjà prêtes, André venait de finir de les imprimer. Et pour connecter Gorillaz, pourquoi ne pas aller à Marseille directement ?

– Bonne idée, on va faire le tour des cités en demandant à parler au grand chef, dans des endroits où ils se tirent dessus à la kalachnikov pour une barrette de shit.

– Et si on la vend directement dans des boutiques bio ? J'ai vu des reportages, dans les boutiques bio, c'est que des bobos, y en a plein qui fument. Ce serait plus pratique. — Justin, finaud.

– On donne un pourcentage aux vendeurs. En même temps qu'ils demandent si le client veut du pain, il dit : « Et de la beuh, je vous en mets combien ? » — André, à fond.

– Faut qu'ils le disent doucement, alors, parce que si tout le monde entend, ça peut mettre la puce à l'oreille des autorités. — Médée, toujours prudent.

Parfois, Thomas se demande s'il ne fait pas fausse route. Si ce ne serait pas plus simple de ne pas endosser toutes ces responsabilités. De faire comme Justin, de rester tranquille dans sa ferme, avec sa collection de tracteurs, un Club Med lui aussi de temps en temps, et pas tout ce casse-tête, gérer un village peuplé de fantômes en tentant de ranimer la flamme d'un troupeau dont tout le monde se fiche.

– Je ne crois pas que ça puisse fonctionner. Il vaut mieux pour l'instant rester sur une commercialisation plus classique.

– Je disais ça pour essayer d'innover… — André, vexé.

Sur Messenger, pas de nouvelles. Ni de Gorillaz directement – c'était peu probable que les Lyonnais lui aient donné le contact –, ni d'Enzo l'autre frère, blessé, qui était en fuite et pouvait avoir l'idée de venir se cacher là. Thomas se sent indécis. Il ne sait quel parti prendre. Et s'il va à Lyon et que le pavillon de la mère est surveillé ? Tout ce brouillard néfaste a quand même un effet bénéfique. De sentir que l'argent n'est pas inépuisable, qu'il n'y avait peut-être pas une manne éternelle dans laquelle il peut piocher, le pousse à rappeler l'avocat de l'Écossais et lui dire que sa dernière proposition, huit cent mille euros, était la dernière, que, sans réponse positive du grigou, il retirait son offre. Cela aurait au moins le mérite de clarifier les choses. Et puis, si tout allait à vau (ha, ha)-l'eau, s'il n'y arrivait pas, si au lieu de ressurgir de ses cendres, Sainte-Croix sombrait, faire revenir Horace n'aurait plus aucun sens. Quand l'heure du journal télévisé arrive, il n'est toujours pas plus avancé. La situation paraît confuse et sans beaucoup d'ouvertures.

– Attention, ça commence !

– Elle est bien habillée !

– Pourquoi, tu trouves d'habitude qu'elle ne l'est pas ?

– Si, mais ça fait bizarre quelqu'un qu'on connaît en vrai à la télé.

Au début, l'euphorie prédomina. De voir, assis chez Bello, sur la grande télé où ils regardaient d'habitude les matchs, un visage familier, parlant de la commune, les émut. Mais quand vint le temps de l'extrait, quand ils se découvrirent, eux, à l'écran, le panneau Sainte-Croix en gimmick, leurs têtes, leurs expressions, Médée en pleine transe, annonçant le futur, les tracteurs de Thomas, ils surent qu'ils étaient tombés dans un piège, qu'ils s'étaient laissé berner, bêtement, que la civilisation, dans son infinie générosité, se rappelait à eux, leur glissait, d'un clin d'œil, qu'il était peu probable qu'ils puissent continuer à passer entre les mailles du filet et qu'il était temps qu'ils le comprennent. Mais comme Daphné, Maxime, Joël et même Geoffroy Cameaux (« Mais enfin, il ne va pas finir par rentrer chez lui !!! ») assistaient aussi à l'événement, ils ne dirent rien. Ils encaissèrent en silence, souriants, commentant avec bonne humeur la prestation de Sheila (et leurs apparitions), sachant qu'ils venaient de se prendre un uppercut dont les conséquences étaient encore imprévisibles. Elles ne tardèrent d'ailleurs pas. Une heure environ après la fin du journal, le téléphone sonna, manifestation saugrenue sur le bar de chez Bello. C'était comme un remake de la fois où il avait retenti, avant l'été, quand Sheila l'avait appelé, avant les bouleversements qui avaient affecté le Royaume. Il n'avait d'ailleurs pas sonné depuis.

– Tu crois en Dieu, mon frère ?

– …

– Je te jure, frère, les étoiles sont alignées. Je te perds. La misère à s'en arracher les cheveux. Je vois l'abîme. Plus de marchandises. Les points de vente vont être à sec. Je ne peux pas retourner voir les Marocains, la queue entre les jambes. Et tu arrives dans la télé. Sainte-Croix-les-Vaches ! T'es vraiment maire ?

– T'appelles d'où ?

– T'inquiète pas. Je ne suis pas fou. On ne peut pas me tracer. Téléphone sécurisé.

– Les Lyonnais ont eu un problème.

– Je le sais, bien sûr. Mais nous, on est connectés. C'est mystique. La télé, c'est la plus grande des preuves.

– Je vais venir à Marseille.

– Non. C'est trop dangereux en ce moment. Moi je vais venir.

Thomas lui donna les points GPS d'un rendez-vous qu'il utilisait avant, quand il faisait le trafic de produits, situé à la lisière du Royaume, une route que l'on pouvait surveiller à distance. À côté de lui,

Monré secouait la tête, n'y croyant pas, atterré. La nuit, Thomas dormit mal. Il ne rêva pas, si ce n'est de grosses masses de brume, qui se rapprochaient de lui et qu'il risquait de faire exploser, comme des Zeppelin incendiés. Médée, lui, n'était pas surpris par la coïncidence. Au contraire, il pensait que l'enchevêtrement d'événements, liés entre eux, découlait d'actions plus anciennes, en résonance avec la terre, dont Sainte-Croix gardait en son sein les mots-clés, attentif à ce qu'ils se répercutent, avec quelques variantes, à travers les époques. Pour lui, oui, il y avait des attaques. Oui, la sorcière était bien là. Mais il ne fallait pas hésiter à porter son regard plus loin. À avoir une vision plus ample. La sorcière, finalement, n'était que de l'énergie. Une énergie contraire, un pôle négatif, qui engendrait courants et tourbillons. Les choses étaient en partie écrites. Et Thomas comme Sainte-Croix avaient leur place dans le Livre. Ce n'était pas un hasard si Thomas avait hérité d'un Trésor. Ce n'était pas un hasard s'il était un Gardien. Les choses ne pouvaient pas s'arrêter maintenant, s'effilocher bêtement. C'est donc en partie rassuré que Thomas se rendit au rendez-vous. Même si Médée l'énervait parfois, car il était dur à suivre – un coup la sorcière était la pire des menaces, un coup ce n'était pas vraiment une sorcière, mais de l'énergie, un coup il ne devait pas s'approcher de Sheila, un coup cela avait l'air moins grave –, son avis était quand même précieux et digne de foi.

– Tu les vois ? Ils sont combien ?

– Deux.

– Il a pris que son lieutenant. Ça prouve qu'il ne veut pas nous faire.

– Pourquoi il voudrait nous faire, vu qu'il a besoin de nous pour la beuh ?

– On ne sait jamais.

– Il y a une moto derrière. Mais elle est loin. Je crois qu'ils les suivent.

– Des Blacks aussi ?

– Non, pas des boulas. Des gnoules.

– Merde.

– Tu crois que c'est quoi ?

– Je ne sais pas. Mais ils ne sont pas ensemble. Gorillaz ne travaille pas avec des Arabes.

– Peut-être qu'ils le pistent ?

– C'est quasi sûr. Pour les Marocains, c'est un énorme manque à gagner. Ils vont chercher à l'éliminer.

– Qu'est-ce qu'on fait ?

– Tu peux les avoir d'ici.

– Avec la lunette, oui. Tu veux que je tue le pilote ?

Il y eut un temps de silence. Pour Justin, tuer quelqu'un – ce qu'il n'avait jamais fait – n'aurait pas été très différent de tirer un sanglier ou un chevreuil, pendant quelques instants il joua avec cette idée, et Thomas dut le sentir, car il y eut dans l'air comme une traînée rouge, un souffle qui essaya de les attirer, et Thomas pensa que la folie avait des limites et que son ancêtre, comme le lui avait raconté le sociologue, était un bandit d'honneur, un bandit au grand cœur, pas un assassin, et il dit : « Non, bien sûr que non, tire dans les pneus », et Justin répondit, d'accord avec lui : « OK, s'ils se foutent en l'air, ce sera un peu de la faute à pas de chance, alors, pas de la nôtre », ce qui ne veut pas dire grand-chose, parce que la moto va vite, sur une route en lacet, mais l'important, c'est qu'ils n'aient pas vraiment l'intention de les tuer, qu'ils ne soient pas de vulgaires meurtriers, et dans le tournant suivant le fusil fait un petit pof, sec, et au loin la moto dérape, Justin est un excellent tireur, le pilote essaye de redresser, mais n'y arrive pas, et les lascars partent dans le décor, rebondissent contre la paroi, rebondissent vers le vide, arrêtés *in extremis* par le petit parapet, et finissent de glisser, pantins dissociés, se râpant sur le bitume de la route.

La suite se passe comme une succession de scènes hachées. Ils retrouvent Gorillaz, conviennent avec lui d'un nouveau protocole de livraison de la beuh, de remise de l'argent, de modalités de paiement. Puis l'informant qu'il était pisté et que ses poursuivants ont mordu la poussière, ce qui met Gorillaz – qui a l'air flippé, drogué, l'arrogance a disparu – en fureur – un mélange de panique et de fureur –, et le 4 × 4 repart, en faisant crisser ses pneus, Justin le suit à la jumelle, décrit à Thomas ce qui se passe.

– Il y a un gnoule qui sort un flingue, l'autre doit être blessé parce qu'il ne bouge pas. Il essaye de tirer vers la voiture du négro. Mais il le rate. Putain, il tire comme un pied. Putain, le Gorillaz descend de voiture. Putain, il lui met une balle dans la tête. Putain, il fait l'autre aussi.

Les deux cadavres furent balancés par-dessus bord, dans le ravin en bas, avec la moto, préalablement délestés de leurs armes et de leurs portables. Dans quelques mois, à la sortie de l'hiver, avec les bêtes et les vautours, il n'en resterait pas grand-chose. Le 4 × 4 disparut ensuite dans un petit nuage de poussière. Comme dans un dessin animé.

– Paix à leur âme.

– Que le petit Jésus les accueille dans sa lumière.

– Le petit Jésus, c'est peut-être bizarre si c'est des Allah ?

– Ce qui compte, c'est la Lumière. Allah ou Jésus, ils sont dans la lumière. En vrai, ils sont amis. C'est sur terre que les gens ne s'entendent pas. Pas au ciel.

Quand Sheila et Jeanne revinrent, quelques jours plus tard, tout était donc plus ou moins rentré dans l'ordre. Après leur prestation télévisée, les deux filles en avaient profité pour une tournée des popotes. Avec le mois d'août qui se terminait, les gens, les décideurs, étaient enfin rentrés, et elles avaient écumé conseil général, grosse mairie du département, conseil régional, avaient même rencontré le président de région, plaidé leur cause, avec succès, manifestement, car une surprise attendait Thomas et ses administrés.

– Une surprise ? Jeanne ne t'a pas dévoilé ce que c'était ? — tous, en plein suspense.

– Non, elle m'a dit que sinon ce n'était plus une surprise. Mais que c'était vraiment énorme. Une grosse surprise ! — Justin, en panne de confidences sur l'oreiller.

... OUBLIE DE NOUS TOMBER SUR LA TÊTE.

– 14 –

Pour une surprise, effectivement, ce fut une surprise. Les filles s'étaient démenées comme des furieuses. Boostant au forceps la minuscule onde médiatique qu'elles avaient réussi à déclencher – aujourd'hui tout le monde s'en contrefichait, on aurait pu s'immoler par le feu en plein journal de 20 heures, le lendemain c'était déjà oublié –, elles avaient inondé de mails le moindre des décideurs – élus, représentants, journalistes – pouvant servir leur projet. Dans ce contexte de sous-préfecture, où les choses avaient l'habitude d'aller à leur rythme, où personne ne se poussait trop du col, ni ne s'activait particulièrement pour bouleverser le monde, cela porta ses fruits. Elles arrivèrent à « *fédérer les énergies* », à « *porter haut les couleurs d'un meilleur demain* » (Jeanne adorait cela, créer des éléments de langage percutants).

Au fond d'elles-mêmes, après presque trois mois en immersion à Sainte-Croix, à parler de loups, à voir le soleil se coucher sur les montagnes, à faire du cheval sur les Causses, elles auraient préféré que cela soit vrai, pas du *bullshit*. Qu'elles puissent revendiquer, *en vrai*, le titre honorifique de *game changer*. Mais, malheureusement, elles savaient que cela n'était pas possible. Eussent-elles été trop dans l'élan, trop dans le premier degré – en y croyant vraiment –, qu'elles seraient passées pour des naïves, voire pour des connes. Bien sûr, il y avait des politiques qui bouleversaient le cours de l'histoire, cela devait arriver. Des visionnaires. Des révolutionnaires. Des mères Courage. Des Gandhi ou des Marx.

Mais pas depuis quelque temps. Ce qui se passait, c'est que personne n'y comprenait rien. Personne n'avait la main. Tous ceux qui étaient en première ligne le disaient. Gros bateau lancé à toute allure. Course incompréhensible. Logique qui pouvait devenir encore plus folle sur un rien. Sur une panique. Un malentendu. Seule l'évolution semblait une constante. Motivée par le profit. En attendant une prise de contrôle par l'IA – l'intelligence artificielle – prévue pour 2030 ? 2050 ? Avant ? Alors un peu de mise en scène, une *scénographie rurale* (porteuse de sens), qui pouvait y redire ?

Parce que, du côté des filles, la locomotive s'emballait. La nouvelle perspective, c'était le congrès des maires ruraux (« Le congrès des maires ruraux, meuf, avec le film, et Thomas qui parle de Poupoune !!!! – Ils vont s'en rouler par terre, meuf ! »). Le congrès des maires ruraux était une idée de génie. Car il fallait voir plus loin que le bout de son nez. Une carrière politique se construisait pas à pas – il s'agissait maintenant bien de cela, ça prenait corps, cela devenait *vrai* – et la province – *la ruralité* – était un vivier délaissé par le peloton de tête, recelant pourtant un gros coefficient démultiplicateur. Toute la difficulté des politiques était de se constituer un « socle ». Pas de « socle », pas d'essor possible. Pieds d'argile. Du vent dans les émissions de télé. Des feux de paille. Mais pas de trucs profonds. Pas de relation d'amour construite sur le long terme. Et sur quoi butaient les candidats à l'élection présidentielle ? Sur les cinq cents signatures. Encore une fois, les filles n'étaient pas folles, il n'était pas question de se projeter à l'Élysée, cela n'aurait eu aucun sens. Mais d'être en mesure de servir de relais, de faire bénéficier un des chevaux de tête de la puissance d'un réseau, cela n'avait pas de prix. De plus, sur quel écueil, toujours, butait-on ? La versatilité médiatique ! Ajoutée au ras-le-bol des politiques, trop coupés de la réalité. Trop loin de la base. « De la base ??? Meuf, la terre ! C'est ça, notre base. – Yes ! Nous, on a les pieds sur terre ! » Le congrès des maires ruraux, où elles allaient animer un débat, en projetant un premier montage du film, allait être du gâteau. Leur site, « Les maires ruraux », ne parlait que de zone malheureusement blanche, de téléphone qui ne passait pas, de désertification, d'exode, de subventions qui s'évaporaient, de tous les soucis que rencontraient les maires des petites communes – souvent agriculteurs ou éleveurs –, et dont Sainte-Croix semblait un condensé. Deux filles charmantes (au milieu d'une majorité d'hommes) parlant de problèmes dont tout le monde habituellement se contrefoutait, proposant non seulement des solutions, mais des solutions *hype*, inventives, qu'elles expérimentaient elles-mêmes, en live, ne devaient pas avoir trop de mal à *créer l'événement.*

– Ce qui serait génial, c'est d'avoir un plan de Thomas, ému, au moment où on lui dévoile la surprise.

– C'est sûr que ça va être un choc, mais il ne va peut-être quand même pas se mettre à sangloter.

– Sheila a raison, si on le voyait ne serait-ce qu'avec une larme, ce serait vraiment top.

– Comment tu veux que je fasse ? Quand je le filme, soit il pleure, soit il ne pleure pas. — Maxime, parfois soûlé par les deux filles.

– On ne peut pas lui mettre un truc dans l'œil ?

– Les fausses larmes, ça existe, mais je ne sais pas le faire. Je peux demander à une copine maquilleuse, mais le temps que ça arrive… — Daphné, dépassée par la technicité de la demande, mais essayant d'apporter une solution.

– Et du citron ?

– Si c'est pour qu'il ait les yeux rouges toute la journée, ça va être gênant. On va croire qu'il a de la conjonctivite.

La nuit précédant la surprise, il y eut un orage, sans éclairs, des grondements de tonnerre étouffés, venus des profondeurs de la terre. Thomas rêva de Poupoune. Rencontre sans paroles, absurde, qui ne lui ressemblait pas. Elle dans une auto-tamponneuse, sur le stand du forain disparu. Pauvre Poupoune, ballottée en tous sens. Il avait le cœur serré pour elle. Un bout de chiffon sur lequel la violence des chocs s'acharnait gratuitement. C'est presque comique, mais il n'a pas le cœur à rire. Au contraire, il se réveille pris d'angoisse, alors que le brouillard s'est abattu sur le village, comme cela arrive parfois, et qu'on peine à entrevoir la route. Comme si le ciel, avant de lui tomber sur la tête, venait déposer une première nappe anxiogène. Il descend vers Sainte-Croix, l'estomac noué, même pas curieux, en fait, de cette histoire de surprise, certain, plutôt, qu'il s'agit d'un traquenard, d'un piège dans lequel on le conduit. La suite de ce qu'il craint, de l'émission de télé, de l'envahissement. Il pense au Jugement, aux histoires que Poupoune leur racontait. Des tribunaux impitoyables, passant au crible la moindre de vos actions, vous renvoyant, tel un miroir glacial, vos erreurs et vos errements.

Lorsqu'il se gare sur la place, où l'on n'y voit goutte, où tout est blanc de nuage, la seule chose qui en émerge, c'est le visage d'André, qui, de son imprimerie, a déjà dû voir de quoi il en retournait. Il lui paraît livide, frappé d'épouvante. Ensuite, c'est comme un cauchemar. Un cauchemar radieux, car au fur et à mesure qu'il s'avance, pour découvrir l'ensemble de la « surprise », le brouillard se dissipe, dégageant l'azur du ciel, pour donner au tableau qu'on lui montre un relief plus cruel encore.

D'abord il y a l'enseigne au-dessus de chez Bello, qui est venue prendre place sur le côté. Ce n'est pas exactement la signalisation d'une poste, mais ça y ressemble. Quand il arrive à lire, il comprend que c'est un *Point Relais Poste Express.* Et puis quelqu'un, dans les lambeaux de brouillard, s'avance vers lui.

Quelqu'un qu'il connaît. C'est un visage qu'il a déjà vu. C'est… C'est… Oh mon Dieu, mais cette fille, dont il s'était amouraché. L'artiste contemporaine. Avec sa cabane en plexiglas. Que fait-elle là ??? Elle le prend dans ses bras et lui fait un hug. Sur le côté, la caméra de Maxime filme, tourne autour d'eux. Sheila derrière sourit. Il y a une voiture noire siglée d'orange, avec sur la portière, sérigraphié, un « Hello », orange lui aussi – une voiture de l'opérateur de télécom ? – et puis, les cloches de l'église se mettent à sonner et… Thomas pense au Jugement. C'est le Jugement. Il a dû mourir pendant la nuit, il se trouve dans l'Antichambre, face à ses actes, qui viennent se matérialiser devant lui, sous des formes symboliques et… un prêtre, en habit sacerdotal, s'avance sur le parvis de l'église, encensoir en balancier. Les cloches continuent de sonner. Thomas croise le regard de la Chouette, gênée de les avoir trahis. D'avoir aidé les filles à organiser en secret cette mascarade.

Il n'a pas le temps de s'y attarder, parce qu'une sirène déchire l'air. Sortant de nulle part, surmontée du clignotement d'un gyrophare rythmé par le deux-tons, une voiture de gendarmerie s'avance vers lui, vers eux, vers Justin, qui a l'air tout aussi abasourdi. Un gendarme en jaillit, souriant, généreux, affable, pendant que Thomas reste figé, ses grosses mains en avant de son corps, comme pour se protéger d'un choc.

Et Poupoune apparaît, froide, muette, réprobatrice, et alors il sait que c'est la fin, que Dieu et les gendarmes sont formels, qu'il a failli. Ses yeux s'embuent et une grosse larme roule le long de sa joue. Il faut quasiment que Sheila l'empoigne, passe son bras sous le sien, pour qu'il la suive et entre, accroché à elle comme un époux incrédule, dans la salle des fêtes, qui a été ouverte, fleurie, décorée, et où un banquet a été dressé.

– Le retour de la République !

– Trinquons au retour de la République !

– Mais n'oublions pas l'Église !

Les verres s'entrechoquent. Thomas ne sait plus s'il est dans un rêve ou dans une réalité qui aurait dérapé, dans un monde qu'il ne comprend plus. On lui parle, et les sons ricochent sur son tympan, petits chocs sourds, marteaux de piano absurdes, qui ne veulent rien dire, soubresauts d'un autre espace-temps. En quoi Thomas est-il concerné par tout cela ? Autour de la table, il y a les deux filles, Sheila et Jeanne, les prêtresses, la Chouette, toujours frappée de fausseté, et le prêtre, assis à côté de Médée. La fille de l'art contemporain, à la gauche de Thomas, et le gendarme, à sa droite, et un type qui est d'Orange, qui explique que le projet, c'est une « couverture réseau cent pour cent, Objectif Zéro Zone Blanche », que c'est un but, une mission, et que Sainte-Croix va entrer dans les secteurs prioritaires. Un autre type encore prend la parole. Il s'appelle Hippolyte. Il tape sur un verre pour demander le silence. Joël avec son air d'imbécile heureux est déjà ivre. Geoffroy Cameaux n'est pas visible. Jeanne a dû l'enfermer quelque part.

– Je voudrais, au nom de la France, au nom du groupe, au nom de la civilisation, présenter des excuses à Thomas et à tous les habitants de Sainte-Croix-les-Vaches.

Le type – il a un petit bouc, une mèche qui part sur le côté – est inventeur d'idées (*Hippolyte Inventeur d'Idées Hype*). D'abord, il voudrait préciser à quel point il est content, fier, enthousiaste, de pouvoir travailler sur un dossier aussi « chaud », sur un sujet aussi brûlant.

– Parce que nous touchons aux fondamentaux. À ce que sera notre futur proche. Au lien. À la terre. À ce qui relie passé et modernité. Sainte-Croix-les-Vaches, dans son isolement, dans son dénuement, est emblématique d'une problématique qui nous concerne, ô combien, tous, sans la moindre exception.

Avec un sans-gêne qui stupéfie Thomas, il détaille les actions qu'il va mettre en place. Le « plan Ressource », qui va relier Sainte-Croix à un réseau de villages, avec un système de coopérative tournante, un partage de services, un dispensaire, avec un dentiste et un médecin tournants. Les séjours « no stress » qui vont donner l'occasion à des urbains surmenés de venir travailler en « délocalisés » régulièrement. Les résidences d'artistes, dont Anne-Sylvette, ici présente, sera une des premières bénéficiaires. Les logements sociaux, qui accueilleront des migrants, à qui des formations seront dispensées afin qu'ils puissent participer à l'économie locale, à l'agriculture.

– Tout cela, Thomas, sous votre contrôle, évidemment !

Thomas croise le regard de Justin, la même pensée doit lui traverser l'esprit. Il y a des fusils dans un placard de Chez Bello. Il pourrait se lever, traverser la rue, revenir avec et les fumer un par un. Il suffirait ensuite de mettre l'arme dans les mains du crétin dépressif. Un carnage. Un truc idiot comme on en lit dans les journaux. « Geoffroy Cameaux, accablé par un chagrin d'amour, a froidement abattu les convives d'une fiesta municipale, avant de se donner la mort. Heureusement, le maire et ses adjoints sont indemnes. » Mais il écarte cette solution. Trop compliqué. Il serait obligé de fumer aussi la Chouette, et qui s'occuperait alors de la paperasse ?

Médée, à qui le prêtre essaie de faire la causette, est encore plus blafard qu'à l'accoutumée. Pour lui, c'est juste une catastrophe. L'église est son terrain de jeu. Son laboratoire. Il y pratique ses rituels. S'y connecte à l'invisible. Si l'église est occupée par un prêtre, c'est la porte ouverte à toutes les diableries. La fin des haricots. Quant à André, Thomas apprécie son sang-froid, sa présence d'esprit. Le type d'Orange lui demande : « Et l'imprimerie, on peut la visiter ? Avec le haut débit, vous savez qu'on pourra vous envoyer des fichiers à distance ? » (comme s'ils étaient des demeurés de la civilisation), André répond, en souriant : « Je vous ferais visiter mon petit domaine avec plaisir, mais j'ai eu un problème, une fuite de produits toxiques, cela ne sera pas possible aujourd'hui », et cette idée de fuite, de produits toxiques, replonge

Thomas dans les souffles de l'enfer. Il pense à se confesser, à profiter de la présence du prêtre. Mais que lui dire ? Par où commencer ? « Au début, on a fait de faux dossiers de subvention. Puis un peu de fausse monnaie. Des faux papiers aussi. Des attestations. Il y avait une grosse demande avec les Lyonnais. Ensuite, il y a eu les produits interdits. » Mais ça, il s'était déjà repenti.

– Vous avez arrêté ces produits interdits, car vous pensiez que c'était mal. Mais vous avez cependant poursuivi avec différents cambriolages ?

– Oui, mon père. Nous avions une opportunité avec le Maghreb, où une forte demande de matériel agricole se faisait sentir.

– Ce sont les seuls vols auxquels vous vous êtes livrés ?

– Loin de là, mon père, nous avons aussi cambriolé l'INRA. Nous cherchions du sperme. Sans parler du grossiste en graines de cannabis, que nous avons dépouillé à Barcelone.

– Je vois. Mais l'activité des fausses attestations, des demandes de subvention bidon, était-elle stoppée ?

– Pas vraiment, mon père. C'est un peu le fonds de roulement de notre modèle économique.

– Jamais de violences, par contre ?

– Pas exactement des violences. Mais des… des mises en garde.

– Auprès de qui ?

– De représentants d'une administration débile qui accable le petit paysan et épargne l'industriel.

– C'est pour cela que l'on vous appelle le diable ?

– Je le crains, mon père.

Le brouhaha crée un brouillard d'où émergent néanmoins des sons. Le gendarme lui parle, lui explique que contrairement à ce que l'on pourrait penser la région n'est pas exempte de problèmes. Lui n'est pas sur cette affaire, c'est une brigade spéciale montée de Toulouse qui est dessus, mais il y a de gros trafics de produits chimiques. Un suspect va être mis en examen. Sans parler des vols de matériel agricole. Et puis le cannabis, de plus en plus de paysans s'y mettent. Quelques kilos de marie-jeanne et on boucle l'année plus tranquillement. Quand le gendarme, gentiment, en lui tapotant sur le bras, conclut son laïus, Thomas sait que les portes de l'enfer se sont bel et bien ouvertes, et qu'on l'y attend.

– Mais vous pouvez vous tranquilliser. Maintenant on est là, et on ne vous lâchera pas comme ça. Pour vous et vos administrés, le cauchemar est terminé.

ET QUE LE SOLEIL CONTINUERA DE BRILLER LONGTEMPS !

– 15 –

L'automne va bientôt s'installer. Il fait beau, mais déjà un peu froid. Sheila marche à côté de Thomas. Les Causses s'étendent à perte de vue. Napoléon et Ulysse de pierre. Insensibles aux frimas, et peut-être philosophes. La députée parle calmement, détachant chacun de ses mots, pour qu'il comprenne bien qu'elle ne se fiche pas de lui, que c'est pour son bien, celui de Sainte-Croix.

– J'ai été obligée d'organiser cette mise en scène. Mais c'est pour nous permettre d'avancer. Je ne voudrais cependant pas que tu te fasses une fausse joie. Le retour de la République n'est pas pour tout de suite.

– Ah bon ?

– Non, le prêtre et le gendarme, comme le type d'Orange ou la Poste, se sont prêtés au jeu, afin d'initier une dynamique, que le film va relayer.

– Mais alors, tu penses que la... République reviendra quand ?

– Ce serait malhonnête de te donner une date. Sache que Jeanne et moi nous battons pour vous.

Pour que vous puissiez retrouver la place à laquelle vous avez légitimement droit dans la société.

– Bien sûr. Nous vous en sommes d'ailleurs très reconnaissants.

Cela fait comme une énorme détente. Un relâchement musculaire intense. Thomas sent une giclée de bien-être lui irradier le cerveau. Tout s'efface en une seconde. C'était une blague, en fait. Une drôle de blague. Un gendarme et un prêtre ! Il rit tout seul. Sheila le regarde, surprise. Elle l'est encore plus lorsque Thomas prend sa main dans la sienne – il doit y avoir une différence de un à cinq, c'est comme si elle avait sa main dans la main d'un ours, ou d'un géant, ou d'une créature de conte de fées. Il lui dit que, depuis qu'elle est là, il a appris à l'apprécier, qu'il sait très bien qu'elle a sa vie à Paris et qu'il n'est qu'un pauvre paysan, quelqu'un d'un peu fruste, mais il est obligé de lui faire part de ses sentiments pour elle. S'il ne le faisait pas, il sait que Poupoune lui en voudrait, et les Causses aussi. Sheila est tellement sidérée que son esprit produit en accéléré une succession d'images : tous les types qui lui ont fait une déclaration ces dix dernières années. Celui qui lui avait susurré qu'il était certain que sa chatte avait bon goût. Celui qui avait pris sa main et l'avait posée sur sa braguette. Celui qui lui avait proposé l'aventure du club échangiste. Jean-Pierre qui l'avait sautée sur la banquette arrière de sa voiture (celle que le tracteur a écrabouillée) – en lui assurant quand même qu'il l'aimait. Thomas conclut en disant qu'il n'attendait pas de réponse immédiate, qu'elle avait le temps d'y penser, mais que, si elle voulait penser, il y avait de la place ici.

– Et pour tes allers-retours à Paris, j'ai même un hélicoptère. Ce sera plus pratique que le train.

– Tu as un hélicoptère ?

Elle est tellement interloquée que son cerveau se réfugie là encore dans une pensée sotte. Jeanne lui avait parlé du ratio taille des mains/taille du pénis. Qu'en était-il pour Thomas ?

– Oui, quand vraiment tu seras pressée, je peux venir te chercher avec, quand tu finis tard à l'Assemblée.

Alors elle opine, silencieuse, scotchée, en fait, se disant que peut-être des choses lui ont échappé. Ils rentrent à Sainte-Croix en silence, elle stupéfaite, sous le choc, et lui content d'avoir sa fait déclaration. Le Royaume avait besoin d'une reine. Que ce soit un peu la sorcière était-il si gênant que cela ?

Bien entendu, l'histoire ne s'arrête pas là.
Car *quid* de la suite ?
Qui va gagner, du rouleau compresseur industriel
ou de nos courageux Gaulois ?
Que va-t-il se passer entre Thomas et Sheila ?
Et la beuh bio ? Et Gorillaz ? Et le Lyonnais blessé ?
Va-t-il venir se réfugier à Sainte-Croix ?
Et si la Chouette avait elle-même un don ?
Benoît sera-t-il mis en examen ?
Médée détectera-t-il de nouveaux envoûtements ?
Justin et Jeanne feront-ils un enfant ?
Et, au fait, qu'est devenue la mère de Thomas ?
Et le troupeau ? Reviendra-t-il sur les Causses ?
Et les loups ?
Entendra-t-on leurs hurlements les soirs
de pleine lune, au milieu des statues ruiniformes ?
Et Monré et Poupoune, que penseront-ils
de tout ça ?

Vous le saurez en lisant

LE RETOUR D'HORACE

PROCHAINEMENT DANS VOTRE LIBRAIRIE

REMERCIEMENTS

L'auteur remercie chaleureusement tous les éleveurs et agriculteurs qui lui ont permis d'écrire plus justement ce livre, et plus particulièrement André Valadier, sans qui l'Aubrac ne serait pas ce qu'il est aujourd'hui.

Une mention toute particulière également à Isabelle Saporta, qui a impulsé l'idée de ce livre, et l'a accompagné de sa bienveillance et de son enthousiasme, ainsi qu'à toute l'équipe des éditions Fayard.

À Valérie, qui continue à corriger mes innombrables fautes d'orthographe.

Et à Élise, dont le regard pendant les repérages a été précieux.

DU MÊME AUTEUR

AUX ÉDITIONS FAYARD

Héros, personnages et magiciens, 2008.
Nouvelles du monde entier, t. II, 2009.
Cantique de la racaille, opus 2, 2010.

AUX ÉDITIONS FLAMMARION

Le Doigt de Dieu dans un ciel tout blanc (romans)

Cantique de la racaille, 1994 (Prix de Flore).
Wendy, 1996.
Nostalgie de la magie noire, 1997.

Le Jeu

Effacement progressif des consignes de sécurité, 2001.
Pour une nouvelle sorcellerie artistique, Librio, 2001.
Wendy ou les secrets de Polichinelle, 2003.
Une orange roulant doucement sur le sol d'un parking (avec Oliver Fontvieille), Au Diable Vauvert, 2003.
Bois sacré (avec Mallendi et Agnès Paicheler), Au Diable Vauvert, 2004.
La Vie miraculeuse du clochard André, 2006.
PEP, Ego Comix, 2007.
Hépatite C, 2007.
15 ans et demi, 2008.

AUX ÉDITIONS LE DILETTANTE

L'Accomplissement des prophéties (nouvelles)

Un pur moment de rock'n roll, 1992.
Les Clefs du bonheur, 1993.
Vol de sucettes, 1995.
Recel de bâtons, 1995.
L'Auteur, 1995 (Prix des bouquinistes).
La Vie moderne, 1996.

13 contes étranges, 1999.
Le Retour de l'auteur, 2009.

Aux Éditions DTV

Le Danger des courants électriques
(avec les photos de C. Mariaud)

Portraits des hommes qui se branlent, 1995.
Conséquences de la réalité des morts, 1997.

Aux Éditions Mille et une nuits

P.E.P. Projet d'éducation prioritaire, 1996.

Aux Éditions du Panama

Les Aventures d'Arthur et Violette

Les filles sont bêtes, les garçons sont idiots, 2006 ; puis Storylat, 2010.
Le Président ne peut pas être un imbécile, 2007.
Bons à rien, prêts à tout !, 2007.

Aux Éditions du Seuil

Les souris ont parfois du mal à gravir les montagnes (avec Dupuy et Berberian), 2000.
Pourquoi les petits garçons ont-ils toujours peur que leur maman les abandonne dans une forêt sombre et noire ? (avec Anne-Marie Adda), 2001.
L'Utilisation maximum de la douceur (avec Lamia Ziadé), 2001.
Nouvelles du monde entier, t. I, 2003.

Chez divers éditeurs

Ngenza (avec Laurent Sazy), Presses de la Renaissance, 2004.
Ma fille a quatorze ans, Librio, 2004.
Plantes et chamanisme (avec Jan Kounen et Jérémy Narby), Mama Éditions, 2008.

La Foire aux nains, Le Rouergue, 2008.
Proprio : Comment financer sa retraite en devenant un (bon) propriétaire, Au Diable Vauvert, 2012.
Bonbon désespéré, Éditions du Rocher, 2016.
Bois sacré. Initiation à l'Iboga, Au Diable Vauvert, 2017.

BANDE DESSINÉE (SCÉNARISTE)

Croyez en moi !, dessins de Yoann, Albin Michel, 2007.
Mon blog est un cœur qui bat, dessins de Dominique Mermoux, Vent d'Ouest, 2008.
Tokyo Girls, t. I, *Opération Chéris Charmants*, Delcourt, 2009.

Composition et mise en pages
Nord Compo à Villeneuve-d'Ascq

PAPIER À BASE DE FIBRES CERTIFIÉES

Fayard s'engage pour l'environnement en réduisant l'empreinte carbone de ses livres. Rendez-vous sur www.fayard-durable.fr
L'empreinte carbone en éq. CO_2 de cet exemplaire est de 1.5 kg

Achevé d'imprimer en France en mars 2020
par Dupliprint à Domont (95)
N° d'impression : 2020030887 - N° d'édition : 2081467/06